Den Drachen finden

Die Stonefire-Drachen
Buch 10

Jessie Donovan

Mythical Lake Press, LLC

Impressum

Dies ist eine erfundene Geschichte. Namen, Charaktere, Orte und Vorfälle sind entweder ein Fantasieprodukt der Autorin oder werden fiktional verwendet. Jegliche Ähnlichkeit mit Personen, ob lebend oder tot, Firmen, Ereignissen oder Orten ist rein zufällig.

Den Drachen finden
Englisches Copyright © 2017 Laura Hoak-Kagey
Deutsches Copyright © 2024 Laura Hoak-Kagey
Deutsche Übersetzung von Anna Drago und Katrin Dolle
Mythical Lake Press, LLC
www.JessieDonovan.com

Cover-Art von Laura Hoak-Kagey von Mythical Lake Design

ISBN: 979-8891560390

Die Stonefire Drachen und Lochguard Highland Drachen Serien sind miteinander verflochten. Da so viele Leser nach der Lesereihenfolge fragen, habe ich sie in dieses Buch aufgenommen. (Diese Liste gilt ab April 2026.)

Dem Drachen geopfert (Stonefire Drachen #1)
Den Drachen verführen (Stonefire Drachen #2)
Die Drachen offenbaren (Stonefire Drachen #3)
Den Drachen heilen (Stonefire Drachen #4)
Den Drachen wiedererwecken (Stonefire Drachen #5)
Das Dilemma des Drachen (Lochguard Highland Drachen #1)
Vom Drachen geliebt (Stonefire Drachen #6)
Der Drachenwächter (Lochguard Highland Drachen #2)
Dem Drachen ergeben (Stonefire Drachen #7)
Das Drachenherz (Lochguard Highland Drachen #3)
Vom Drachen geheilt (Stonefire Drachen #8)
Der Drachenkrieger (Lochguard Highland Drachen #4)
Dem Drachen helfen (Stonefire Drachen #9)
Den Drachen finden (Stonefire Drachen #10)
Vom Drachen ersehnt (Stonefire Drachen #11)
Die Drachenfamilie (Lochguard Highland Drachen #5)
Skyhunter gewinnen (Stonefire Drachen Universum #1)

Kapitel Eins

Jane Hartley beobachtete die Fortschrittsanzeige auf dem Computerbildschirm, als ihre erste Videosequenz hochgeladen wurde. Nach Monaten der Vorbereitung und des Wartens begann sie endlich ihre neue Karriere. *Der Drachenwandler-Insider* würde nicht nur einen Beitrag zur Unterstützung ihres Clans leisten, sondern sie hoffte auch, dass er die Beziehungen und das Verständnis zwischen Menschen und Drachenwandlern in Großbritannien und darüber hinaus weiter ausbauen würde.

Wenn es nur verdammt nochmal schneller hochladen würde! Sie würde zwar Wochen warten müssen, bis sie wirklich abschätzen konnte, wie es aufgenommen wurde, aber sie hätte gern früher schon ein Feedback. Sie würde allerdings keins bekommen, wenn das verdammte Ding live war.

Ihr Gefährte, Kai Sutherland, stand hinter ihr

und drückte ihre Schultern. „Auf den Bildschirm zu starren, wird es nicht beschleunigen."

Stirnrunzelnd sah sie zu ihm auf. Manchmal war es ärgerlich, wie gut ihr Gefährte sie kannte. „Ich sitze nicht nur hier, weil ich am liebsten das Hochladen beschleunigen will."

Er hob eine Braue. „Du versuchst also nur zu 99 Prozent, es schneller zu machen, und was ist dann das verbleibende Prozent?"

Bei jedem anderen wäre sie sich vielleicht dumm vorgekommen, über ihre Gedanken zu reden. Aber nicht bei Kai. „Ich versuche auch, mir diesen Moment einzuprägen."

„Warum? Ich hätte gedacht, zu beobachten, wie Leute es sich ansehen und kommentieren, sollte denkwürdiger sein."

Sie lehnte den Kopf gegen seinen Bauch hinter sich und seufzte. „Ab und zu wünschte ich mir, du würdest mich mehr unterstützen, als immer so ehrlich zu sein."

Einer seiner Mundwinkel zuckte hoch. „Unterstützung hat ihre Zeit und ihren Ort. Aber Ehrlichkeit drängt uns dazu, besser zu werden, und ich glaube, dass du das auch immer sagst."

Jane streckte ihm die Zunge heraus. „Also hast du doch zugehört."

„Ich höre immer zu, Janey." Kai senkte den Kopf, und seine Stimme war belegt, als er sagte: „So weiß ich, wie ich dir am besten Lust bereiten kann."

Seine raue Stimme ließ sie zittern. „Wie du nach

all den Monaten noch diese Wirkung auf mich haben kannst, werde ich nie verstehen. Du musst eine Art Drachenwandler-Magie haben, von der du mir nicht erzählt hast."

Er trat an ihre Seite und zog sie gegen sich. „Nicht Magie, Liebes. Du gehörst einfach mir, und ich werde dich immer wollen. Es ist meine Pflicht, jedes Mal wie das erste erscheinen zu lassen, oder vielleicht sogar besser als das erste. Sobald meine Frau sich beschwert, ist das ein Zeichen dafür, dass ich kein guter Gefährte bin."

Sie schlang ihre Arme um seinen Hals. „Kaum zu glauben, dass der Clan sagt, du seist unromantisch."

Kai grunzte. „Du hast deine eigene Art von Magie, glaube ich. Ich sage Dinge zu dir, die ich sonst nie sagen würde."

„Es ist keine Magie, Kai. Das ist Liebe." Sie sah ihm in die Augen. „Und ich hoffe, es reicht."

„Natürlich tut es das. Du gehörst mir, Janey. Und mir tut jetzt schon der Mensch oder Drachen leid, der dich mir wegnehmen will."

Sie konnte nicht widerstehen, ihren Drachenmann zu piksen. „Meine Liebe ist also genug, selbst wenn ich mich rausschleiche, um eine neue Folge zu drehen, ohne es dir zu sagen?"

Er sah ihr in die Augen. „Das hast du nicht schon wieder getan, oder? Ich kann nicht länger Ausnahmen für dich machen, Jane. Natürlich liebe ich dich, aber ich kann nicht zulassen, dass die Regeln des Clans in sich zusammenbrechen."

„Ich habe in den letzten Monaten nur einmal gegen die Regeln verstoßen. Außerdem sollte die Ausgehsperre die Drachenwandler gegen eine Bedrohung schützen, also betrifft sie mich genau genommen nicht."

Nach einem jüngsten Angriff hatte es ein vorübergehendes Verbot gegeben, das Clanland zu verlassen, da einige Drachenwandler mit speziellen Giftpfeilen getroffen worden waren. In dieser Zeit hatte Jane sich hinausgeschlichen, um jemanden vom schottischen Clan Lochguard für ihre neue Serie zu interviewen.

Kai antwortete: „Nur weil die Drohnen, die wir gefunden haben, mit Chemikalien bestückt waren, die schädlich für Drachenwandler sind, bedeutet das nicht, dass es nicht auch welche für Menschen gibt. Schließlich scheint Stonefire Menschen anzulocken wie Honig Fliegen."

Clan Stonefire war ihr Zuhause im Lake District im Norden Englands.

Sie küsste ihn sanft, bevor sie sagte: „Aber dadurch, dass Menschen nach Stonefire kommen, gibt es jetzt nicht nur viel mehr Babys im Clan, sondern auch Verbündete für unseren Anführer."

Sobald sie die Babys erwähnt hatte, bereute Jane es. Kais Mutter fragte jedes Mal, wenn sie mitein-ander sprachen, ob irgendwelche Enkel unterwegs seien. Und so gern Jane die Bitte der Drachenfrau erfüllen wollte, war sie noch nicht bereit. Schließlich war sie noch kein Jahr mit Kai zusammen. Mit seinen geheimen Sicherheitseinsätzen und ihrer Berichterstattung war einfach keine Zeit für mitternächtliches Füttern und mit zwei Stunden Schlaf auszukommen.

Und doch war Kais Mutter, Lily Owens, von Anfang an nur freundlich und unterstützend gewesen. Jane wünschte sich, es gäbe eine Lösung, mit der alle glücklich wären.

Kai legte eine besitzergreifende Hand auf ihren Po. „Hör auf, dir Sorgen zu machen, Jane. Mum wird glücklich sein, wenn die Zeit reif ist. Du bist verdammt erstaunlich in dem, was du tust, und jeder in Stonefire weiß es zu schätzen, dass du dein Leben für sie aufs Spiel setzt. Noch einmal."

„Selbst du?"

Er grunzte. „So sehr ich kann, wenn man bedenkt, wie mein Drache sich um deine Sicherheit sorgt."

Sie lächelte. „Ich weiß, wie man ihn beruhigt. Braucht ihr beide ein bisschen Drachenkuscheln?"

„Kein verdammtes Drachenkuscheln. Warum kannst du es nicht ‚Drachenliebe' oder ‚Drachenzuneigung' nennen? Beides wäre für die Gefährtin eines oberen Beschützers akzeptabler."

Kai war verantwortlich für Stonefires Sicherheitsteam oder die Beschützer, wie die Drachen sie nannten.

Lachend schmiegte sie sich an Kais Brust. „Weil ich es mag, dich ab und zu in Rage zu bringen. Für den Clan bist du stoisch und ruhig. Aber selbst ein großer, böser Beschützer muss ab und zu mal loslassen."

Er versetzte ihr einen Klaps auf den Po. „Wie lange wird dein Upload dauern?"

Sie hob wieder den Kopf. „Nicht sehr lang. Warum?"

Kais Pupillen blitzten zu Schlitzen. „Weil mein Drache und ich unsere eigene Art des Kuschelns wollen."

Als Kais Hand sich weiter ihren Po hinunter und zwischen ihre Oberschenkel bewegte, rauschte Hitze in ihre Wangen. „Ich dachte, du hättest heute Morgen genug bekommen."

Er drückte gegen die Naht ihrer Jeans, und Jane hielt den Atem an. Kais heißer Atem kitzelte ihr Ohr, als er flüsterte: „Ich werde nie genug von dir bekommen, Jane Hartley. Du gehörst mir, und ich denke, es ist an der Zeit, dir noch einmal zu zeigen, wie sehr ich dich liebe."

Anstatt vor dem Computer zu sitzen und jede Minute auf Refresh zu drücken, um sich irgendwelche Kommentare anzeigen zu lassen, hätte sie Kai lieber nackt und in sich.

Nicht, dass sie so leicht nachgeben würde.

Sie neigte den Kopf. „Heißt das, dein Drache kommt heraus, um zu spielen?"

„Ich will dich für mich allein."

„Und das hast du schon seit mehr als einer Woche. Mir wäre es lieber, er würde mal rauskommen, anstatt dass ich aufwache und feststelle, dass er die Kontrolle übernommen hat. Wenn er dann fertig ist, hab' ich nie genug Kraft, um aufzustehen."

Sorge füllte Kais Augen. „Ich hab' ihm gesagt, dass du nur ein Mensch bist."

Sie berührte seine Wange. „Ich bin stark, Kai, und ich liebe beide Hälften. Aber du wärst genauso, wenn man dich eine Woche lang an den Rand des Geschehens verbannen würde und du nur zusehen, aber nie anfassen könntest. Ihr beide macht ein Ganzes, und ich liebe euch so, wie ihr seid. Es ist in Ordnung, mit ihm zu teilen. Schließlich habe ich vor, noch eine lange Zeit hierzubleiben. Du und dein Drache werdet genug Zeit für Spaß haben."

„Und solltest lieber hierbleiben."

Sie lächelte. „Willst du etwa behaupten, dass deine Sturheit mich für immer am Leben halten kann?"

„Vielleicht."

Sie schmunzelte. „Ich werde nirgendwo hingehen; also hör auf, dir weiter Sorgen zu machen. Mir wäre es lieber, du würdest die Energie für was anderes nutzen."

Kais blaue Augen mit dem grünen Ring um seine Pupillen erhitzten sich. „Dann sollte ich besser anfangen, diese Energie jetzt umzuleiten."

Bevor sie mehr tun konnte, als ihren Mund zu öffnen, warf Kai sie über seine Schulter und ging die Treppe hinauf. „Kai, was tust du denn?"

Er tätschelte ihren Po. „So geht's schneller."

„Das sagst du immer", murmelte sie.

„Dann hör auf zu fragen und nutz die Energie für was anderes."

Touché.

Nicht, dass Jane Zeit hatte, sich eine Retourkutsche einfallen zu lassen. Innerhalb von Sekunden legte Kai sie vorsichtig auf ihr Bett und trat zurück, um seine Sachen auszuziehen.

Obwohl sie jeden Zentimeter von Kais Körper mehrmals geleckt hatte, wurde ihr Mund beim Anblick seiner muskulösen, nackten Brust trocken. Als er seine Hose fallen ließ, sprang sein harter Schwanz heraus. „Wieder mal ohne Wäsche, wie ich sehe."

Er nahm seinen Schwanz in die Hand und streichelte ihn einmal. „Ich weiß, dass du mich nackt schneller magst."

Sie benetzte ihre Lippen. „Ja, das tue ich."

Und Jane wusste auch, dass, wenn sie sich nicht auszog, sie noch ein paar Klamotten an Kais Krallen verlieren würde.

Irgendwie zwang sie ihren Blick weg von Kai, der seinen Schwanz streichelte, um schnell ihr Oberteil und die Jeans auszuziehen. Auch sie trug keine Unterwäsche.

Er knurrte. „Wenn ich daran denke, dass ich dich einfach über den Stuhl hätte beugen, deine Jeans runterziehen und dich unten nehmen können."

Jane zwinkerte und sagte: „Ich mag es, dich im Ungewissen zu lassen." Sie öffnete langsam die

Beine. „Aber genug geredet. Ich warte, Drachen-mann. Komm und nimm mich."

Ohne weiteres Wort senkte Kai seinen Körper auf ihren. Er positionierte seinen Schwanz und rieb ihre nassen Falten hinauf und hinunter, bevor er in sie stieß. Jane packte Kais Schultern, als er anfing, sich zu bewegen.

Kai versuchte, sich auf die Bedürfnisse seiner nackten Frau zu konzentrieren, aber sein verdammter Drache knurrte und ging in seinem Kopf hin und her. Dann meldete er sich mal wieder zu Wort. *Ich will sie auch.*

Du hast genug gemacht. Heute ist ein großer Tag, und ich will nicht, dass du sie erschöpfst.

Ich müsste keine Marathon-Sex-Sessions machen, wenn du teilen würdest.

Jane kratzte mit den Nägeln seinen Rücken hinunter, und er begegnete ihrem blauäugigen Blick. „Ist okay, Kai. Ich kann mit deinem Drachen umgehen."

Siehst du? Sie will mich.

Für den Bruchteil einer Sekunde zögerte Kai. Er liebte sein Tier, aber jeden Tag fragte er sich, ob Kai oder sein Drache etwas tun würden, das sie vergraulen könnte.

Sein Tier schnaubte. *Hör auf. Sie wird bleiben.*

Nach ein paar Stößen seiner Hüfte antwortete Kai: *Tu ihr nur nicht weh.*

NIEMALS.

Mit einem Brüllen übernahm sein Tier die Kontrolle über Kais Körper und Gehirn.

Er sah zu, wie sein Drache Janes Beine hob und das Tempo erhöhte. Jane klammerte sich an seine Schultern, während ihre Brüste hüpften. Sie stöhnte, bevor sie sagte: „Ja, genau da!"

Sein Tier ließ eines ihrer Beine los und schnippte gegen das Nervenbündel zwischen ihren Oberschenkeln. Der Druck baute sich an ihrer Wirbelsäule auf, aber selbst sein ungeduldiger Drache knirschte mit den Zähnen und hielt sich zurück.

Jane würde in jeder Hinsicht zuerst kommen.

Als sie endlich seinen Namen schrie und seinen Schwanz packte, ließ sein Drache los. Lust strömte durch seinen Körper, als er kam.

Nachdem er den letzten Tropfen vergossen hatte, knurrte sein Tier: „Meine, Janey. Ich liebe dich."

Sie streichelte seine Wange. „Ich liebe euch beide."

Sein Drache sagte zu ihm, *Danke. Kümmere dich um sie.*

Immer.

Kai übernahm wieder die Kontrolle über seinen Verstand und bewegte sich so, dass er auf dem Rücken lag und Jane auf seiner Brust. Für ein paar

Takte hörte er nur ihrem donnernden Herzen zu und schwelgte in ihrer Haut an seiner.

Er war damit zufrieden, seine Gefährtin schweigend zu kuscheln, aber Janes Stimme erfüllte den Raum. „Ich wünschte, du würdest dir nicht so viele Sorgen machen, Kai." Sie hielt inne und fügte hinzu: „Ich bin stärker, als du denkst."

Er sah auf seine Gefährtin hinunter und wollte sich selbst schlagen für den Schmerz, den er in ihren Augen sah. „Du bist einer der stärksten Menschen, die ich je kennengelernt habe. Aber ich kann nicht anders, als mir Sorgen zu machen."

Sie beendete seinen Gedanken. „Ich bin nicht *sie*, Kai. Ich werde dich nicht verlassen."

„Sie" bezog sich auf Maggie Jones, seine wahre Gefährtin, die solche Angst vor ihm gehabt hatte, dass sie vor über einem Jahrzehnt davongelaufen war und sich mit einem anderen gepaart hatte.

Sein Drache knurrte. *Warum erwähnst du sie? Sie ist unsere Zeit nicht wert. Jane ist besser als diese Frau.*

Rational weiß ich das. Aber Jane und ich sind beide stur und eigensinnig. Sie könnte es müde werden, mich immer wieder herauszufordern und mit mir zu kämpfen.

Janes Stimme hinderte seinen Drachen daran zu antworten. „Erzähl mir, was du gerade deinem Drachen sagst. Du weißt, dass du mir alles erzählen kannst."

Er nahm einen Teil ihres dunklen Haares

zwischen die Finger und rieb die weichen Strähnen. „Es ist nicht einfach, Janey. Du verdienst einen starken, selbstbewussten Gefährten."

„Kai, du bist ein starker, selbstbewusster Gefährte. Jeder hat seine Sorgen. Ich mache mir Sorgen darum, deine Mutter und meine um ein Enkelkind zu bringen, oder ob meine neue Serie den Drachenwandlern am Ende mehr schaden wird, als ihnen zu helfen. Verdammt, manchmal wünschte ich, ich wäre nicht so neugierig und entschlossen, weil ich weiß, dass es dir letztendlich Kopfschmerzen bereiten wird. Aber ich kann nicht alles an mir ändern, nur weil ich es will. Ich arbeite an einigen Dingen und akzeptiere andere. Du musst dasselbe tun."

Sein Drache grunzte. *Sie ist fantastisch.*

Kai ignorierte das Tier und küsste seine Frau vorsichtig. „Ich versuche es. Ich liebe dich, Jane Hartley, Kopfschmerzen hin oder her."

Sie lächelte. „Gut, denn ich habe vielleicht ein oder zwei andere kleinere Kopfschmerzen, von denen ich dir erzählen muss."

Bevor er fragen konnte, was es war, klingelte Kais Handy. Da es der Klingelton war, den er Bram, dem Anführer des Stonefire-Clans, zugewiesen hatte, musste Kai ihn annehmen.

Er küsste Jane ein letztes Mal und ging vom Bett zu seinen Kleidungsstücken auf dem Boden. Er holte das Handy aus der Hosentasche und nahm das Gespräch an. „Bram?"

„Aye, ich bin es. Entschuldige, dass ich dich an Janes großem Tag störe, aber es ist was passiert."

„Sag es mir einfach direkt, Bram."

Sein Clanführer zögerte eine Sekunde. Bram zögerte nie. Die Nachrichten waren nicht gut.

Schließlich sagte Bram: „Es hat mit deiner Schwester Delia zu tun. Komm so schnell du kannst in mein Cottage, und ich erzähle dir alles."

Delia war Kais viel jüngere Halbschwester, die bei seiner Mutter und seinem Stiefvater in Wales im Clan Snowridge lebte.

Sobald Bram aufgelegt hatte, senkte Kai sein Handy und starrte es an. Er war zuversichtlich, dass, wenn Delia tot wäre, Bram es gesagt hätte. Sein Clan-Anführer war definitiv kein Feigling.

Kai sollte erleichtert über die Tatsache sein, aber es gab schlimmere Dinge, die ein sechzehnjähriger Drachenwandler anstellen konnte, als den Tod.

Hör auf, dir Sorgen zu machen, und lass uns zu Bram gehen. Erst wenn wir wissen, was los ist, können wir uns einen Plan überlegen, sagte sein Drache.

Jane fragte: „Was ist los?"

Er begegnete dem Blick seiner Frau. „Zieh dich an. Delia ist was passiert, und wir müssen zu Bram."

Kapitel Zwei

Fünfzehn Minuten später drückte Jane Kais Hand fester, als sie Brams Büro betraten. Ihr Drachenmann mochte von außen ungerührt wirken, aber sie wusste, wie viel ihm an seiner Schwester lag. Vor allem, da er so viele Jahre damit verschwendet hatte, den walisischen Clan Snowridge zu meiden, was wiederum bedeutete, dass er seine Familie mied.

Schließlich lebte Maggie Jones noch in Snowridge.

Jane hatte bei ihren vorherigen Besuchen nie mehr als einen Blick auf die Drachenfrau erhascht. Irgendwann würde sie die Frau gerne treffen, die Kai so viel Schmerz zugefügt hatte, mehr aus Neugier als alles andere.

Na ja, und um der Frau zu sagen, dass sie ihre Chance gehabt hatte, und sie sollte besser nicht versuchen, Kais Leben noch einmal zu ruinieren.

Als Bram sie aufforderte, sich zu setzen, verdrängte Jane alle Gedanken an Maggie aus ihrem Kopf, um sich auf die Worte ihres Clanführers zu konzentrieren. „Ich werde es geradeheraus sagen, Kai. Delia wird vermisst."

Kai runzelte die Stirn. „Vermisst? Seit wann?"

„Seit ein paar Tagen, obwohl deine Mutter letzte Nacht eine Voicemail-Nachricht von Delia erhalten hat, in der sie sagte, sie sei sicher. Und bevor du fragst, warum dir nichts gesagt wurde: Ich habe es selbst erst kurz, bevor ich dich angerufen habe, erfahren. Der Anführer des Snowridge Clans, Rhydian, wollte sie selbst finden. Und deiner Mutter war es verboten, um Hilfe von außen zu bitten."

Kai knurrte. „Ich bin nicht einfach von außen. Sie ist meine kleine Schwester, verdammt noch mal."

„Glaub mir, das weiß ich. Aber konzentrieren wir uns auf die Tatsachen, aye? Delia hat ursprünglich eine kurze Notiz für ihre Eltern hinterlassen, in der sie sagte, sie habe da eine Geschichte, die sie untersuchen wolle."

Jane hielt inne. Delia hatte sie bei jeder Gelegenheit darüber befragt, wie es ist, Journalistin zu sein. Aber sie hatte nie gedacht, dass der Teenager allein losziehen würde.

Als hätte Kai ihre Gedanken gelesen, drückte er beruhigend ihre Hand. Er machte ihr keinen Vorwurf.

Kai hakte nach. „Worüber?"

Bram schüttelte den Kopf. „Das ist unklar. Die

19

Notizen, die mir übermittelt wurden, sind ziemlich vage und wenig hilfreich. In ihrer gestrigen Botschaft hieß es lediglich, es gehe ihr gut, und sie sollten sich keine Sorgen machen."

„Haben sie den Anruf zurückverfolgt?", fragte Kai.

„Aye, er kam von einem Münzapparat in einem abgelegenen Teil von Wales. Snowridges Beschützer haben gesucht, aber deine Schwester wurde nirgendwo gesehen. Du hast ihr doch nicht beigebracht, wie man sich vor aller Augen versteckt, oder?"

„Natürlich nicht. Obwohl ich sie vielleicht finden könnte, auch wenn die anderen es nicht können", antwortete Kai.

Bram nickte. „Ich weiß, und deshalb habe ich es geschafft, mit Snowridges Führer einen Deal auszuhandeln. Er wird dir erlauben, nach Snowridge zu gehen und bei der Suche nach Delia zu helfen."

Jane sprang ein. „Du sagtest aushandeln. Im Austausch für was?"

„Das ist meine Sache, Mädel. Im Moment ist das Ziel, Delia zu finden", erklärte Bram.

„Wann kann ich aufbrechen?", fragte Kai.

„Sobald du alles für deine Abwesenheit vorbereitet hast. Aaron hat sich kürzlich mit Teagan O'Shea gepaart; das hinterlässt eine kleine Lücke in der Befehlskette."

Aaron Caruso war Kais zweiter Befehlshaber der Stonefire-Beschützer. Aaron hatte Anstrengungen unternommen, Bündnisse mit einem Clan in Irland zu stärken, und am Ende deren Anführerin Teagan O'Shea zur Gefährtin genommen.

Kai nickte. „Das mag sein, aber ich glaube, Nikki kommt mit dem Clan klar, solange ich weg bin."

In Brams Augen tanzte Belustigung. „Stell sicher, dass ihr Gefährte damit an Bord ist."

Nikki Grays Gefährte war Janes älterer Bruder Rafe. Seit Nikki schwanger war, war er noch mehr überfürsorglich.

Jane war nur froh, dass sie nicht auf der Empfängerseite war.

Sie wedelte mit der Hand. „Überlass Rafe mir. Ich werde ihn ganz schnell überzeugen, und dann können wir los."

Kai sah sie an. „Wir?"

„Wenn du meinst, dass ich hierbleibe, hast du sie nicht mehr alle. Ich kann helfen, Kai. Hinweise zusammenzustellen und Leute zu finden, ist ein großer Teil meines Lebens."

Bram ergriff das Wort. „Sie hat recht. Außerdem hat Rhydian euch beide zugelassen, da ihr schon mehrmals in Snowridge wart. Ich würde sagen, dass er euch fast vertraut, was bei diesem Bastard eine Seltenheit ist." Er erhob sich. „Geht zu Nikki und Rafe und macht euch auf den Weg. Haltet mich unbedingt über Delias Status und auch euren eigenen auf dem Laufenden."

Kai stand auf und zog Jane mit sich hoch. Ihr

Drachenmann grunzte, bevor er sie aus Brams Haus führte.

Ihr Gefährte schwieg, bis sie weit genug von Brams Cottage entfernt waren, um nicht gehört zu werden. Sie fragte sich, ob er es bis auf den Zentimeter ausgemessen hatte, als er schließlich sagte: „Wenn du mit mir kommst, dann musst du mir versprechen, dass du nirgendwo hingehst, ohne es mir zu sagen. Ich versuche normalerweise nicht, deine Freiheit zu stark einzuschränken, aber Snowridge ist ein unbekanntes Gebiet, inklusive Menschen, die den Drachen nicht so sehr vertrauen wie die in der Nähe von Stonefire. Ich kann nicht riskieren, dich zu verlieren, Janey. Das werde ich nicht überleben."

Jede Erwiderung, die sie hatte, starb bei seinem letzten Satz. „Ich bin keine zarte Blume, aber ich werde vorsichtig sein. Wenn sich allerdings was ergibt, das sofortige Maßnahmen erfordert, damit wir deine Schwester nicht verlieren, werde ich die Gelegenheit ergreifen. Ich will nicht sterben, aber ich werde auch nicht zulassen, dass deiner Schwester was zustößt."

Er schob die Finger einer Hand durch ihr Haar. „Du bist ziemlich ehrenhaft für einen Menschen."

Sie hob die Brauen. „Ich bin nicht ehrenhaft, nur stur. Ich lasse keinen weiteren Schmerz in deinem Leben zu, wenn ich es verhindern kann. Deine Schwester ist dir wichtig, was bedeutet, dass sie auch mir wichtig ist."

Jane Hartley war die beste verdammte Frau, die er sich je hatte erhoffen können. Nicht zum ersten Mal zeigte er dem Schicksal den Finger, weil es gedacht hatte, jemand anderes würde zu ihm passen.

Sein Tier summte. *Jane passt perfekt zu uns. Da stimme ich zu.*

Als Kai die straffen Schultern und das erhobene Kinn seiner Gefährtin sah, stieg Stolz durch seinen Körper. „Du bist würdig, die Gefährtin eines oberen Beschützers zu sein."

Einer ihrer Mundwinkel hob sich. „Auch wenn ich gern Drachen kuschele?"

Er lachte leise. „Ja, trotzdem." Er bewegte seine Hand von ihrem Haar auf ihre Wange und fügte hinzu: „Sei einfach vorsichtig, Janey. Du bist stark, selbstbewusst und klug, aber du bist auch menschlich. Das ist keine schlechte Sache, ich liebe dich sogar dafür, aber du heilst nicht so schnell wie ein Drachenwandler, und du hast auch keine Möglichkeit zu wandeln, um dich besser zu schützen."

Sie nickte. „Ich weiß, aber ich denke, ich bin ganz schön weit gekommen, seit ich undercover in diesem Pub in Newcastle war."

Jane hatte ein enganliegendes Kleid, zu viel Make-up und eine Perücke getragen und war in eine Kneipe gegangen, um das Vertrauen einiger Drachenjäger zu gewinnen. Der Vorfall endete damit, dass Kai angeschossen wurde und beide in

Nikkis Krallen nach Stonefire zurückgeflogen wurden.

Nie wieder wollte er einen wertlosen scheiß Jäger sehen, der Hand an seine Frau legte.

Sein Drache meldete sich zu Wort. *Sollen sie es doch versuchen. Sie werden ihre Lektion früh genug lernen.*

Kai ignorierte sein Tier und zog Jane an sich. „Du bist vielleicht ein kleines bisschen besser." Er küsste ihr Ohr. „Aber ändere für niemanden ganz, wer du bist, Jane, nicht mal mich."

Sie gab ihm einen schnellen Kuss. „Gut, denn ich werde all dieses Rückgrat und die Sturheit brauchen, um mit meinem Bruder fertig zu werden."

„Dein verdammter Bruder", bemerkte Kai.

„Oh, du magst ihn gut genug, wenn ihr beide euch gegen mich verbündet."

Kai grunzte. „Manchmal. Erzählen wir es Nikki. Ich locke sie in einen anderen Raum locken, sobald ich es ausgesprochen habe, dann kannst du dich mit Rafe befassen. Nikki kann den Stress, sich mit ihm zu streiten, jetzt nicht gebrauchen."

Jane verdrehte die Augen. „Ich werde nichts dazu sagen."

Sein Drache meldete sich zu Wort. *Feigling.*

Ich bin kein Feigling. Es ist eine Frage der Effizienz, Aufgaben aufzuteilen.

Red dir das nur ein. Zumindest wissen wir, dass Delia noch sicher sein sollte, wenn sie gestern eine Nachricht hinterlassen hat.

Hoffen wir es. Wenn was nicht gestimmt hätte, hätte Mum es in Delias Stimme gehört.

Sein Tier richtete sich in seinem Kopf auf. *Keine Sorge, wir sind besser als die walisischen Beschützer. Sie haben vermutlich was übersehen. Wir werden sie finden.*

Er ließ sich von den Worten seines Tiers trösten. *Und ich werde nicht aufhören, bis wir es getan haben.*

Sein Drache verstummte, und Kai ließ sich von Janes Anwesenheit trösten. Er tätschelte den Po seiner Gefährtin. „Gut. Dann lass uns gehen. Je eher wir mit Nikki reden, desto eher können wir aufbrechen."

Trotz der Eile hielt Kai seinen Arm um Janes Taille, als sie zügig zu Nikkis und Rafes Cottage gingen. Da sein ziemlich großer Mensch nur fünf Zentimeter kleiner war als er, fiel es ihr nicht schwer, mitzuhalten.

Als sie sich auf den Weg machten, fiel ihm etwas ein. Mit allem, was Bram ihm erzählt hatte, hatte Kai vorübergehend Janes wichtigen Start vergessen. „Tut mir leid, dass wir deinen großen Tag ruinieren mussten, Janey. Ich hoffe, deine neuen Zuschauer verstehen, dass du die geplante Q&A-Sitzung heute Abend verpassen musst."

Sie lächelte zu ihm auf. „Ist schon okay. Gina wird eine Ankündigung posten."

Gina MacDonald-MacKenzie war mit einem schottischen Drachenwandler gepaart und hatte Jane bei Marketing und Werbung geholfen. „Du hattest also einen Backup-Plan?"

„Natürlich. Angesichts dessen, wie sehr Stonefire heutzutage eine Zielscheibe ist, musste ich vorbereitet sein."

„Meine clevere Gefährtin."

Sie zuckte die Schultern. „Ein gewisser männlicher Drachenwandler sagt gern, wie sehr Vorbereitung der Schlüssel zum Erfolg ist."

Er konnte nicht anders, als zu bemerken: „Also hast du doch zugehört."

Jane schnaubte und versetzte ihm einen Klaps auf die Seite. „Das ist ein Gespräch, das wir später führen können." Ihr Gesicht wurde ernst. „So sehr ich mich auf dieses neue Kapitel in meinem Leben freue, die Fremden können warten. Delia ist Familie. Außerdem würde ich mir nie wünschen, dass deine Schwester in Gefahr ist, aber diese Mission wird mich wenigstens ablenken."

„Mission, wie?"

„Natürlich. Wir sollten uns einen geheimen Codenamen überlegen."

„Drachen vergeben normalerweise keine Codenamen."

„Nun, da ich ein Mensch bin, bedeutet das, dass ich das kann." Sie tippte sich ans Kinn, und er musste unwillkürlich lächeln dabei. Jane fügte schließlich hinzu: „Wie wäre es mit Operation Teenager-Rebellion?"

„Wohl eher Operation Verdammter Idiot."

Jane lachte. „Siehst du, ich wusste, ich könnte dich an Bord holen."

Janes Lachen ließ ihn lächeln, und ihm wurde klar, dass seine Gefährtin versucht hatte, ihn zu beruhigen und vom Verschwinden seiner Schwester abzulenken. „Danke, Janey. Vielleicht töte ich deinen Bruder jetzt doch nicht."

„Rafe nicht zu töten, ist eine der unumstößlichen Regeln unserer Beziehung." Sie senkte die Stimme. „Obwohl, wenn er sich zu sehr wie ein Bastard aufführt, kannst du ihn gerne schlagen. Das ist in seltenen Fällen erlaubt."

Kai schüttelte den Kopf, als sie Nikkis und Rafes Cottage erreichten. Er klopfte an, und Nikki öffnete die Tür. „Kai, ich hatte nicht erwartet, dich heute zu sehen."

Rafes Stimme driftete von innen heraus. „Was zum Teufel will er denn jetzt? Wir sind beschäftigt."

Nikki grinste. „Achte gar nicht auf ihn. Wenn es nach ihm ginge, wären wir immer ‚beschäftigt'."

Kai betrachtete Nikkis zerzauste Haare und das knittrige Oberteil. „Ich werde so tun, als hätte ich das nicht bemerkt. Das hier ist wichtig, Nikki. Lass uns rein."

Bei Kais ernstem Ton trat Nikki zur Seite, und sie gingen ins Cottage. Als sie die Tür schloss, sah sie zwischen ihm und Jane hin und her. „Was ist passiert?"

Rafe tauchte an Nikkis Seite auf, als Kai die Situation mit seiner Schwester erklärte und hinzufügte: „Das bedeutet, dass du in meiner Abwesenheit das Sagen hast."

Nikki blinzelte. „Ich? Bist du dir sicher?"

„Du hast die meiste Erfahrung, wenn es um Jäger und sogar Drachenritter geht. Nicht nur das, du hast dich schon so oft bewährt." Rafe öffnete den Mund, aber Kai sprach zuerst. „Und bevor du diese Woche zum hundertsten Mal ihre Schwangerschaft zur Sprache bringst: Nikki wird es gut gehen. Sie ist noch Monate von der Entbindung entfernt, und ich vertraue darauf, dass sie bei Bedarf delegiert."

Rafe grunzte. „Mir gefällt es trotzdem nicht. Nikki kann den Stress nicht gebrauchen. Dr. Sid sagte, sie müsse es ruhig angehen lassen."

Jane meldete sich zu Wort. „Ruhig bedeutet nicht, sie in ein Bett zu legen und in Decken zu wickeln, um die kleinste Erschütterung zu verhindern. Habe ich recht, Nikki?"

Nikki sah zu ihrem Gefährten. „Mir wird es gut gehen, Rafe." Sie sah Kai in die Augen. „Obwohl ich will, dass Rafe meine rechte Hand ist. Er wartet immer noch auf die Details seines Verbindungsdienstes in der Armee und braucht eine Aufgabe."

„Ich habe eine Aufgabe", antwortete Rafe. „Und zwar, dich und unser Kind zu beschützen."

Kai drückte Janes Seite und signalisierte ihr, Rafe an die Hand zu nehmen. Sobald Jane nickte, sagte Kai: „Nikki, komm mit mir, und wir besprechen alles, einschließlich der vorübergehenden Rolle deines Gefährten."

Rafe trat vor Nikki. „Wir müssen noch die Details ihres Postens besprechen, und ich möchte dafür anwesend sein."

Jane pikste ihrem Bruder in den Arm. „Hör einfach auf, Rafe. Nikki kommt allein klar. Denn ich garantiere, wenn du weiter um sie herumeierst und sie behandelst, als könnte sie zerbrechen, wird sie dich hassen."

Rafe blinzelte. „Das würde sie nicht."

Nikki lächelte. „Vielleicht doch. Also, geh und sprich mit Jane. Ich habe wichtige Dinge zu tun."

Bevor Rafe noch etwas sagen konnte, marschierte Nikki aus dem Raum, und Kai folgte ihr.

Sobald sie in der Küche waren, sagte Kai: „Ich bin mir nicht sicher, wie du ihn erträgst."

Nikki verdrehte die Augen. „Ich würde ja das Gleiche von Jane bei dir sagen. Aber genug über Gefährten. Sag mir, was in deiner Abwesenheit getan werden muss, und ich werde dafür sorgen, dass es passiert."

Während Kai den aktuellen Status von Clanangelegenheiten und geheimen Operationen durchging, gab er sein Bestes, das Geschrei aus dem anderen Raum nebenan zu ignorieren. Schließlich, wenn abgesehen von Nikki jemand mit Rafe Hartley umgehen konnte, dann war es Jane.

Jane starrte ihren Bruder finster an. „Warum bestehst du darauf, das Leben aller so verdammt schwierig zu machen?"

Rafe zuckte mit der Schulter. „Daran, Nikki und unser Baby schützen zu wollen, ist nichts falsch."

„Was, also willst du mich als Schuft dastehen lassen, weil ich dir sage, du sollst verdammt nochmal erwachsen werden?"

„Wenn du schwanger wärst, würdest du verstehen, was ich fühle, Janey."

„Jetzt muss ich also ein Kind in mir wachsen lassen, um zu verstehen, wie man jemanden beschützen will?" Sie ging näher an Rafe und flüsterte: „Jedes Mal, wenn ich nach Snowridge gehe, frage ich mich, ob diese Frau auftaucht und Kai Schmerzen zufügen wird. Glaub mir, ich kenne das Gefühl. Aber ihn nur für den Fall hierzubehalten und es erst gar nicht zu riskieren, würde mich und ihn am Ende auseinanderreißen." Sie trat zurück, um dem Blick ihres Bruders zu begegnen. „Nikki ist geduldig, und sie liebt dich, aber mach weiter so, und du könntest was Unumkehrbares tun."

Sie erwartete, dass Rafe ihr den Finger zeigte und ihr sagte, sie solle sich um ihre eigenen verdammten Angelegenheiten kümmern. Er seufzte jedoch nur. „Ich weiß. Aber gerade du weißt, wie schwer es für mich ist, einen Schritt zurückzutreten."

Jane widerstand dem Drang, bei der Ehrlichkeit ihres Bruders zu blinzeln. Vielleicht hatte Nikki mehr Einfluss auf Rafe, als Jane ihr zugetraut hatte.

„Dann nutz das hier als deine Chance, Rafe. Hilf ihr, aber ersticke sie nicht. Nikki könnte am Ende die stellvertretende Kommandantin der Beschützer sein, und das ist eine große Sache. Ich glaube nicht, dass Stonefire jemals eine Frau in dieser Position hatte."

„Das glaube ich auch nicht." Er hielt inne bevor er hinzufügte: „Ich werde es versuchen, und tut mir leid, dass ich geschrien habe. Dein Gefährte hat so seine Art, mich in Rage zu bringen."

Jane schnaubte. „Wie ich dir immer wieder sage, du und Kai benehmt euch wie Brüder. Nimm es einfach an, und du hast weniger Kopfschmerzen."

Er hob die Brauen. „Hast du Kai das Gleiche gesagt?"

Sie zuckte die Schultern. „Das muss nur ich wissen, und du darfst dich das weiter fragen."

„Janey", knurrte Rafe.

Sie ignorierte seinen warnenden Ton. „Um mal wieder ernst zu werden: Halte dein Handy griffbereit. Ich brauche vielleicht Hilfe von deinen Armeekontakten, um Delia zu finden."

Rafe wurde nüchtern. „Werde ich. Egal, was ich manchmal von Kai halte, ich hoffe, du findest seine Schwester."

„Ich auch, Rafe. Ich auch." Sie öffnete ihre Arme. „Jetzt komm und knuddel' deine Schwester."

Er sah ihre offenen Arme an. „Britische Soldaten knuddeln nicht."

„Halbaustralische Brüder schon." Sie umschlang ihn, bevor er ausweichen konnte.

Nach ein paar Sekunden ließ sie ihn los. „Also, war das jetzt so schlimm?"

„Es war verdammt grässlich."

Sie tätschelte seinen Arm und drehte sich halb in Richtung Flur zur Küche. „Gut. Sehen wir mal, ob sie mit ihrer Besprechung bald fertig sind. Ich will jetzt los."

Kapitel Drei

Einige Stunden später schlug Kai mit den Flügeln, als er sie über die Berge am Rande von Snowridges Ländereien in Wales manövrierte.

Er sah zu Jane hinunter, die sich in ihre Decken kauerte, und entschied, dass es ihr gut genug ging. Auch wenn seine Gefährtin gelegentlich im Korb aufstand, den er mit seinen hinteren Klauen hielt, flog sie immer noch nicht gern und verbrachte die meiste Zeit der Reise mit geschlossenen Augen.

Sein Tier meldete sich zu Wort. *Sieh mal, wie weit sie in weniger als einem Jahr gekommen ist. Das braucht Zeit. Vielleicht können wir eines Tages sogar ein Gestell mit Gurten auf unseren Rücken bauen, und sie kann wirklich den Wind spüren und die Freiheit des Himmels erleben.*

Also sollen wir jetzt wie ein Pferd geritten werden?

Sein Drache schnaubte. *Warum ruinierst du so gern meine schönen Träume? Jemandem zu erlauben, auf dem Rücken eines Drachen zu reiten, ist eine Ehre und das höchste Zeichen von Vertrauen. Es sei denn, du vertraust Jane nicht?*

Sei nicht dumm, natürlich vertraue ich ihr. Aber sie mag keine instabilen Höhen. Hab ein bisschen Mitgefühl. Auf unserem Rücken zu reiten, wird ihr einen verdammten Herzinfarkt bescheren.

Als sein Tier nicht antwortete, wusste Kai, dass er den Punkt gewonnen hatte.

Kai schlug langsamer mit seinen Flügeln und segelte die verbleibende Strecke zum Hauptlandegebiet von Snowridge. Im Gegensatz zu Stonefire, das sich größtenteils auf flachem Land ausbreitete, lebten die meisten Mitglieder des Clans Snowridge in den Bergen in der Nähe des Snowdonia National Park in Nordwales. Der Hauptlandebereich war einer der wenigen ebenen Außenbereiche, die vor vielen Jahren angelegt worden waren.

Da er Jane in der Vergangenheit schon oft nach Snowridge mitgenommen hatte, brachte er sich und den Korb zum Landeplatz, ohne dabei an die scharfen Kanten zu kommen. Sobald er den Korb vorsichtig auf den Boden gestellt hatte, flog er noch ein paar Meter weiter und landete.

Kai stellte sich vor, wie seine Flügel in seinen Rücken schrumpften, seine Krallen sich in Finger verwandelten und seine Schnauze wieder eine menschliche Nase wurde.

Sobald er in seiner menschlichen Gestalt war, stürzte Jane auf ihn zu, gab ihm seine Kleidung, und Kai zog sich schnell an.

Gerade, als er seinen Pullover überzog, erschien seine Mutter. Obwohl Lily Owens wie immer das gleiche blonde Haar mit grauen Strähnen und ein Lächeln auf ihrem Gesicht hatte, konnte er auch die Sorgen in ihren Augenwinkeln und in ihrer leicht gebeugten Haltung sehen.

Jane eilte zu seiner Mutter und umarmte sie. „Wir werden sie finden, Lily. Das verspreche ich."

Seine Mutter erwiderte die Umarmung und ließ sie los. „Ich weiß." Sie sah zu Kai. „Rhydian wartet darauf, dich zu sehen, Kai. Es sei denn, du musst dich vorher kurz ausruhen?"

Unter normalen Umständen hätte Kai seiner Mutter gesagt, dass er kein Kind war. Aber bis er Delia gefunden hat, wollte er sich bemühen, netter zu sein. „Mir geht's gut, Mum."

„Gut. Dann kann Jane mit mir kommen, während du mit Rhydian redest."

Kai grunzte. „Nein. Jane kommt mit mir."

„Nach all dieser Zeit kannst du sie ruhig für ein paar Minuten entbehren, Kai Wilbur Sutherland", sagte Lily.

Jane meldete sich zu Wort. „Das ist es nicht, Lily. Ich würde mich gern bei Tee und Keksen mit dir zusammensetzen und plaudern, aber ich bin hier, um Kai dabei zu helfen, Delia zu finden. Wenn ich jetzt mit ihm gehe, dann wird uns das später viel Zeit sparen."

Lily sah ihn stirnrunzelnd an. „Warum hast du das nicht einfach gesagt? Manchmal wünschte ich, du wärst ein wenig geschwätziger."

Aus dem Augenwinkel bemerkte Kai, dass Jane sich auf die Lippe biss, um nicht zu lächeln. Er ignorierte seine Gefährtin, um sich auf seine Mum zu konzentrieren. „Das hast du schon oft gesagt. Im Moment liegt unser Fokus jedoch auf Delia. Wo ist Rhydian jetzt?"

Lily deutete zum Eingang in den Berg. „In seinem Büro. Da du noch nie einen Fuß dort hineingesetzt hast, werde ich euch begleiten."

Im nächsten Augenblick drehte Lily den Kopf weg und hob eine Hand an ihr Gesicht. *Mist!* Er hoffte nur, dass seine starke, fröhliche Mum nicht weinte.

Vielleicht hatten sie und Rhydian die Gefahr für Delia heruntergespielt.

Er sah Jane an, und sie deutete mit dem Kopf auf seine Mutter.

Sein Tier meldete sich zu Wort. *Sie will, dass wir sie unterstützen. Es wird dich nicht umbringen, sie zu umarmen.*

Ich frage mich manchmal, wie du jemals mit mir zusammengekommen bist.

Du hast einfach Glück.

Kai widerstand einem Seufzen, trat an die Seite

seiner Mutter und legte einen Arm um ihre Schultern. Er war gut fünfzehn Zentimeter größer, also küsste er sie oben auf den Kopf. „Ich werde sie finden, Mum. Ich schwöre es."

Lily schniefte. „Das weiß ich, Kai. Aber es ist schwer, nicht zu wissen, ob es ihr gut geht oder ob ihr Anruf erzwungen wurde. Ich habe keine Angst oder Nervosität in ihrer Stimme gehört, aber es war eine kurze Nachricht, und manchmal kann sogar die beste Mutter von einem Teenager getäuscht werden."

Jane sprang ein. „Sei nicht so hart zu dir, Lily. Ich bin mir sicher, dass Kai seine Fähigkeit, Lügner und Betrüger zu erkennen, von dir geerbt hat. Nicht einmal eine entschlossene Teenager-Tochter sollte dich täuschen können." Jane ging einen Schritt auf den Bergeingang zu. „Also, wie wäre es, wenn wir euren Clan-Anführer besuchen? Je schneller wir Informationen haben, desto schneller können wir Delia finden."

Seine Mutter murmelte ihre Zustimmung und ging endlich los.

Als Lily sie in eine der Bergpassagen führte und einen in den Felsen gehauenen Korridor hinunter, tat Kai sein Bestes, um seine Mutter zu unterstützen. Er war schon so viele Jahre ein schrecklicher Sohn gewesen, weil er ihr aus dem Weg gegangen war, um sein Herz vor Maggie zu schützen. Das Mindeste, was er tun konnte, war, Delia zu finden und sie sicher zurückzubringen. Damit könnte er diese

Vernachlässigung zum großen Teil wiedergutmachen.

Obwohl Kai, sobald er seine Schwester gefunden hatte, sie einmal umarmen und ihr dann einen ziemlich langen, strengen Vortrag über den gesunden Menschenverstand und seine Verwendung halten würde.

Sein Tier schnaubte. *Als ob das funktioniert. Bei uns hat es auch nicht funktioniert, als wir in ihrem Alter waren.*

Das heißt nicht, dass ich es nicht versuchen werde. Schließlich weiß ich, in welche Art von Ärger sie geraten könnte.

Anstatt zu antworten, schüttelte sein Drache nur den Kopf.

Seine Mutter ging um eine letzte Kurve und hielt vor einer alten, breiten Tür aus Holz und Metall an. Sie klopfte, und Kai tat sein Bestes, um seine Abneigung gegenüber dem Snowridge-Anführer zu verbergen. Sie hatten sich nur selten getroffen, aber der Mann war nie freundlich oder warmherzig gewesen wie Bram. Er hatte auch die Tendenz, nur das absolut Nötigste mitzuteilen.

Mit anderen Worten, Kai hatte eine Menge vor sich.

Als Kai an die alte Holztür klopfte, bereitete sich Jane mental auf ihr erstes offizielles Treffen mit

Rhydian Griffiths vor. Sicher, sie hatte ihn hier und
da für ein paar Sekunden getroffen, aber er schien
sich nicht sehr für Menschen im Allgemeinen zu
interessieren.

Schließlich hatte Jane in letzter Zeit keine neuen
Fälle menschlicher Opfer in Snowridge oder
Drachenwandler zu finden, die ihre wahren
Gefährten in Menschen gefunden und sie zum wali-
sischen Clan gebracht hatten.

Der einzige einigermaßen passende Fall, von
dem sie wusste, war das halb menschliche und halb
Drachenwandlerkind von Gwendolen Price. Der
Vater ihres Kindes, Noah Tucker, war ein Mensch
gewesen und lange Zeit Rafes bester Freund. Leider
war Noah bei der Rettung der schwangeren Gwen
während ihrer Zeit in der britischen Armee ums
Leben gekommen. Die Tragödie war wahrscheinlich
der Grund, warum Rhydian das halb menschliche
Kind überhaupt in seinem Clan aufgenommen hatte.

Oder, vielleicht war Jane gerade kritischer als
angebracht war. Das Treffen sollte es ihr ermöglichen, eine genauere Vorstellung vom Drachenmann
zu bekommen. Anführer zu sein war nie einfach,
und obwohl sie wünschte, jeder hätte einen Sinn für
Humor und Verständnis wie Bram oder sogar Finn
Stewart in Lochguard, mussten die Anführer
entsprechend den Bedürfnissen ihres Clans handeln.

Die Tür öffnete sich, und Jane konzentrierte sich
auf den Mann, der in der Tür stand. Rhydian war in
seinen Vierzigern mit tiefschwarzen Haaren und

blauen Augen. Die drei Narben auf einer Wange verliehen ihm ein kantiges Aussehen. Egal, wie sehr sie es versucht hatte, sie hatte nicht herausbekommen können, wie er dazu gekommen war. Jane dachte, er sei von Drachenkrallen aufgeschlitzt worden.

Rhydian nickte Kai zu und sah dann Jane an. „Warum ist der Mensch hier? Sie darf auf mein Land, aber ich will mit dir allein reden, Kai."

Kai schüttelte den Kopf. „Nein, Jane ist hier, um zu helfen, und hat jedes Recht, zu hören, was du sagen wirst."

Rhydian starrte Jane mit seinen einschätzenden Augen an, aber sie hob nur eine Augenbraue. „Wenn Sie Kai überhaupt kennen, dann wissen Sie, dass ich gegen solche Blicke immun bin. Finstere Blicke und Knurren darf ich hinzufügen."

Eine Sekunde lang schwieg Stoneridges Anführer, und Jane fragte sich, ob sie eine Grenze überschritten hatte. Dann nickte er ins Innere des Raumes. „Dann kommt eben beide rein. Lily, du hast das schon mal gehört, also solltest du vielleicht zurück zu Gareth gehen."

Gareth war Lilys Gefährte und Kais Stiefvater.

Lily berührte Kais Arm. „Kommt zu mir, wenn ihr fertig seid."

Als die Drachenfrau außer Sichtweite war, ging Rhydian zur Seite. Jane und Kai betraten den Raum.

Sobald Rhydian die Tür schloss, wandte er sich zu ihnen um. „Ich habe deiner Mutter ein paar Details erspart, Kai, aber in den letzten Stunden haben einige meiner Beschützer vielleicht entdeckt, wohin Delia gegangen ist."

„Wohin?", verlangte Kai zu erfahren.

Nicht zum ersten Mal liebte Jane es, wie Kai sich auf das konzentrieren konnte, was wichtig war, anstatt an Details hängenzubleiben, wie etwa der Tatsache, dass Rhydian Lily Informationen vorenthalten hatte.

Der walisische Anführer ging zu seinem Schreibtisch und setzte sich auf den Rand. Er nahm einen Aktenordner und hielt ihn ihm hin. „Alles, was wir wissen, ist hier drin, aber das Manko daran ist, dass einige Drachenwandlerkinder von den örtlichen Farmen verschwunden sind. Ich glaube, Delia hat versucht, sie zu finden."

Kai nahm den Ordner, brach aber nicht seinen Blick mit Rhydian. „Wovon zum Teufel sprichst du?"

„Im Gegensatz zu Stonefire können wir auf unserem Land nicht wirtschaften, da es fast ausschließlich aus Bergen und Felsen besteht. Die walisischen Menschen haben uns vor langer Zeit Rechte eingeräumt, auf nahegelegenem Ackerland Landwirtschaft zu treiben, und wir gehen aus offensichtlichen Gründen nicht damit hausieren. Die Farmer sind darauf bedacht, wann immer möglich menschlich zu erscheinen, um ihre Identität zu schützen. Darüber hinaus fliegen Snowridges Beschützer täglich über das Land, um sicherzustellen, dass alles in Ordnung ist."

Jane warf ein: „Aber etwas muss schiefgelaufen sein."

„Korrekt, Miss Hartley. Letzte Woche ist ein Kind von einem der Bauernhöfe in äußerster Randlage verschwunden. Ein paar Tage später verschwanden auch zwei Geschwister auf der anderen Seite unseres Ackerlandes. Da habe ich die Farmer evakuiert und hierher gebracht, bis wir herausfinden können, wer dahintersteckt. Doch trotz der Suche rund um die Uhr konnte niemand die vermissten Kinder finden, und wir wissen auch nicht, wer genau dafür verantwortlich ist."

Jane wollte sagen, dass es entweder die Drachenjäger oder Drachenritter waren, aber sie biss sich auf die Zunge. Schließlich konnte es auch einen lokalen Feind von Snowridge geben, von dem sie keine Ahnung hatte.

Kai meldete sich zu Wort. „Weiß der gesamte Clan davon?"

Rhydian schüttelte den Kopf. „Nein. Mein oberster Beschützer und ich haben lediglich gesagt, dass einige Farmer für kurze Zeit bei uns bleiben, um ihre Familien zu besuchen, die hier leben. Alle Bauern wurden zur Geheimhaltung über den wahren Grund verpflichtet. Da jedoch Sommer ist, bin ich mir sicher, dass ihre Anwesenheit ein paar Augenbrauen heben wird. Die Anbausaison ist nicht die beste Zeit für einen Besuch."

Jane neigte den Kopf. „Hat Delia so herausgefunden, was vor sich geht? Oder gibt es noch was, das ich nicht mitbekommen hab'?"

Rhydian wandte seinen Blick Jane zu und antwortete: „Sie ging am selben Tag, an dem die Farmer ankamen, also ist es unwahrscheinlich, dass sie die Hinweise so schnell verstanden hat. Delia ist klug, aber immer noch ein Kind mit wenigen Ressourcen, geschweige denn Kontakten, die Informationen preisgeben könnten. Sie muss im Zentralkommando der Beschützer was gehört haben. Sie hat sich dort freiwillig engagiert und bei administrativen Aufgaben geholfen."

Kai grunzte. „Ich werde später was zu der mangelnden Diskretion deiner Beschützer sagen. Was genau hat sie mitgehört?"

Rhydians Pupillen blitzten eine Sekunde lang zu Schlitzen, bevor sie wieder rund wurden. Anstatt Kai an seine Position zu erinnern, deutete er auf den Ordner. „Es ist alles da drin, aber einige der Beschützer glauben, dass die Kinder von lokalen Drachenjägern entführt wurden. Wir haben hier keine einheitliche Front wie die von Simon Bourne, aber das MDA ist im Norden von Wales allenfalls spärlich präsent, und unsere aktuelle Theorie lautet, dass jemand diese Tatsache ausgenutzt hat."

Simon Bourne war der Leiter der größten Drachenjägergruppe Großbritanniens und hatte seinen Sitz in der Nähe von Birmingham in England. Er hatte auch Stonefire zahlreiche Kopfschmerzen bereitet, und seine Jäger hatten sogar einen ihrer Beschützer getötet.

Jane trat einen Schritt vor. „Damit ich das richtig verstehe: Sie glauben, Delia ist auf der Suche nach Drachenjägern. Und nicht nur das, sondern Jägern, die Kinder entführt haben, um sie wahrscheinlich gefangen zu halten und ihr Blut zu ernten, sobald sie erwachsen sind?"

Drachenblut konnte viele Krankheiten heilen, aber es wurde erst verwendet, wenn ein Drache das Erwachsenenalter erreicht hatte.

„Ja", antwortete Rhydian. „Aber bevor Sie anfangen, ihre Dummheit zu verfluchen, in ihrer Notiz stand nur, dass sie es untersuchen und darüber berichten wolle, was sie findet. Sie ist klug, und ich glaube, sie wird, wenn möglich, Schwierigkeiten aus dem Weg gehen."

„Du hast mehr verdammtes Vertrauen als ich, Rhydian", knurrte Kai. „Wir waren alle mal sechzehn, und rationales Denken hat in diesem Alter nicht gerade oberste Priorität."

Rhydian hob eine Augenbraue und erwiderte: „Einen Teenager zu schelten ist Zeitverschwendung. Ich habe dich auf Wunsch deiner Mutter zur Unterstützung hierher eingeladen. Meine Bedingung für diese Information ist, dass du alles meldest, was du findest. Das Letzte, was ich brauche, ist, dass Lily auf einen Schlag beide Kinder und eine Schwiegertochter verliert."

Jane sprang ein, bevor Kais Temperament

aufflammte. „Natürlich sagen wir Ihnen alles. Ich denke, es ist das Beste, wenn Kai und ich einen Konferenzraum bekommen und diese Akten durchkämmen. Wir möchten sicherstellen, dass wir alles wissen, bevor wir das Gebiet durchsuchen."

Rhydian nickte. „Da ist einer gegenüber von meinem Büro, den ihr benutzen könnt." Er nahm eine Haftnotiz mit einer Nummer darauf. „Das ist Wrens Nummer. Er und Eira haben vor nicht allzu langer Zeit mit einigen eurer Beschützer in Schottland zusammengearbeitet und wissen über euren Clan Bescheid. Sie haben sich freiwillig gemeldet, euch zu helfen und eure Kontaktpersonen im Clan zu sein."

Jane wettete, sie würden auch ihre und Kais Babysitter sein.

Sie nahm das gefaltete Stück Papier. „Danke! Hoffentlich finden wir Delia und die vermissten Kinder bald."

„Meldet mir einfach alles, und wir werden gut miteinander auskommen."

Jane drehte Kai zur Tür. „Danke!"

Sie verließen den Raum und versuchten die Tür gegenüber Rhydians Büro. Zum Glück war sie offen. Als sie sich schloss, knurrte Kai: „Er scheint nicht viel Vertrauen in uns zu haben."

Jane hob die Brauen. „Dann müssen wir extra hart arbeiten, um zu beweisen, wie gut wir sind." Sie öffnete die Akte und gab Kai die Hälfte der Papiere. „Arbeit wird helfen, dein Temperament zu zügeln."

Sie beugte sich vor und küsste ihn kurz. „Delia ist alles, was im Moment zählt, mein Liebster. Machen wir uns an die Arbeit."

Eine Sekunde lang tat Kai nichts. Dann küsste er ihre Wange und setzte sich hin. Jane folgte seinem Beispiel. Es war an der Zeit, das zu tun, was sie am besten konnte: zwischen den Zeilen zu lesen, um einen Lead zu finden, den die meisten übersehen würden.

Kapitel Vier

D rei Stunden später flog Kai in seiner Drachengestalt vor Eira und Wren. Ihr Ziel war Delias letzter bekannter Aufenthaltsort, eine Stadt namens Dolgellau.

Er und Jane hatten sich so viele Fakten wie möglich gemerkt. Aber bis sie sowohl die Farmen sehen konnten, von denen die Kinder entführt worden waren, als auch den Ort, von dem Delia am Abend zuvor angerufen hatte, blieb der Weg kalt.

Sein Tier meldete sich zu Wort. *Ich könnte schneller fliegen, wenn du mich ließest.*

Wir müssen an Jane denken.

Er blickte auf seinen tapferen Menschen hinunter, der von Kais hinteren Krallen gehalten wurde. Sie hatte sich bereit erklärt, so zu reisen, trotz ihrer Angst vor unsicheren Höhen.

Sein Drache antwortete, *Ich sage immer noch, dass ein Gurt einfacher gewesen wäre.*

Und hätte zu viel verdammte Zeit gekostet. Auf diese Weise kann ich sicherstellen, dass sie nicht in den Tod stürzt. Die Gestalt von Cadair Idris, des Berges, der sich über der kleinen Stadt Dolgellau erhob, wurde sichtbar. Kai fügte hinzu, *Jetzt konzentrier dich darauf, Jane sanft auf ihre Füße zu stellen und zurückzuwandeln. Wir haben nicht viel Zeit, bis die Post schließt, und wir müssen mit ihnen reden.*

Delias Anruf war zum Postamt der Stadt zurückverfolgt worden.

Glücklicherweise überwand sein Drache die verbleibende Distanz schweigend. Genau außerhalb der Stadt fand sein Tier einen weiten, offenen Platz zum Landen. Als sie nur wenige Fuß vom Boden entfernt waren, schwebte er an Ort und Stelle, um Jane freizulassen. Seine Gefährtin stolperte eine Sekunde, aber sie fand schnell ihr Gleichgewicht wieder, trat beiseite und signalisierte Kai zu landen.

Seine Füße berührten das Gras, und Kai faltete seine goldenen Flügel gegen den Rücken. Alles schrumpfte in seine menschliche Gestalt zurück.

Jane kam mit einem gezwungenen Lächeln an seine Seite. Dass die walisischen Drachenwandler direkt hinter ihnen landeten, war ihm egal, und er streichelte Janes Wange. „Geht's dir gut, Janey?"

Sie schüttelte ihren ganzen Körper. „Das würde ich nicht jeden Tag tun, das ist mal sicher. Aber, mir geht's gut." Sie senkte die Stimme, obwohl die Einzigen in der Nähe die beiden walisischen Drachenwandler waren, die ein überempfindliches

Gehör besaßen und es trotzdem verstehen konnten. „Später wird es einfacher, wenn wir im Schutz der Dunkelheit fliegen und uns irgendwo reinschleichen müssen.”

Einer seiner Mundwinkel zuckte hoch. „Ich brauche keine Dunkelheit, um mich irgendwo ‚reinzuschleichen', wie du es formuliert hast.”

„Wenn das alles geklärt ist, werde ich das noch einmal ansprechen.” Sie drückte die Kleidung gegen seine Brust. „Jetzt beeil dich und zieh dich an.”

Kai zog schnell sein Oberteil und die Hose an. Als er sich den anderen Drachenwandlern zuwandte, warteten Eira und Wren bereits auf ihn. Er nahm Janes Hand und verkürzte den Abstand zwischen ihm und den anderen.

Wren nickte ihm zu. „Bisher halten die Menschen Abstand. Aber wir sollten uns wahrscheinlich verstecken, während Jane in die Stadt geht. Die Menschen in dieser Gegend sind eher an Drachen gewöhnt als in anderen Teilen von Nordwales, weil wir die nahegelegenen Farmen patrouillieren, aber ich würde nicht sagen, dass sie uns lieben.”

Kai sah zu Jane. „Denk an dein Versprechen.”

„Ich weiß, wenn ich was Verdächtiges sehe oder das Gefühl habe, verfolgt zu werden, dann komme ich zum Treffpunkt in der Nähe des Flusses. Und ich werde dich nur anrufen, wenn ich sicher bin, dass niemand zuhören kann.”

„Gut. Dann geh, bevor ich es mir anders überlege", sagte Kai.

Jane seufzte, drehte sich jedoch um und ging zügig in Richtung Stadt. Wenn sie das Tempo beibehielt, sollte sie zehn Minuten brauchen, um dorthin zu gelangen.

Sein Drache meldete sich zu Wort. *Es wird ihr gut gehen. Beeilen wir uns, zum Fluss zu kommen, falls sie uns braucht. Ich bin mir nicht sicher, wie die Menschen in dieser Stadt reagieren werden, wenn sie herausfinden, dass Jane mit einem Drachenwandler gepaart ist.*

Ich vermute, sie wissen es, wenn man bedenkt, dass die meisten der Stadt diese Gegend hier sehen können.

Von Drachenschwingen getragen zu werden, ist eine Sache, gepaart zu sein, eine andere.

Kai wollte seinem Tier nicht über mögliche Gefahren für Jane zuhören, sondern sah zu seinen Mitbeschützern. „Teilen wir uns auf, und jeder nimmt einen anderen Weg zum Fluss. Obwohl es unwahrscheinlich ist, könnten wir unterwegs Hinweise finden."

Die walisischen Drachen murmelten ihre Zustimmung. Kai deutete nach Nordwesten. „Ich werde dorthin gehen. Wren, du fliegst direkt nach Norden und, Eira, du nimmst Nordosten. Stellt sicher, dass ihr in einer Stunde am Treffpunkt seid."

Als Kai losging, gab er sein Bestes, sich auf die Suche nach Hinweisen zu konzentrieren. Wenn Jane es geschafft hatte, zu schauspielern und Tobias White zum Narren zu halten – einem Drachenjäger und Schlüsselmitglied im Skandal um den ehemaligen Direktor für Drachenangelegenheiten – konnte sie es sicherlich auch mit einem Postangestellten im ländlichen Wales aufnehmen.

Sein Tier meldete sich zu Wort. *Wie ich Janey kenne, wird sie es nicht bei der Post belassen.*

Danke, Drache, dass du mir noch was gibst, um das ich mir Sorgen machen muss.

Im Gegensatz zu dir denke ich gerne an alle möglichen Ergebnisse. Wir müssen unsere Gefährtin schützen.

Kai wollte nicht mit seinem Drachen streiten, ignorierte ihn und studierte seine Umgebung. Es war weit hergeholt, dass irgendwelche Drachenjäger hier vorbeigekommen waren, geschweige denn Spuren oder andere Hinweise hinterlassen hatten, aber Kai hatte nicht vor, unachtsam zu sein. Schließlich hatten die Jäger in jüngster Zeit mehr Chaos in seinem Clan angerichtet als jeder andere Feind. Sie zu unterschätzen, war töricht.

Als Jane eine Straße namens Smithfield entlangging, entdeckte sie das rotgelbe Schild, das alle Postämter in Großbritannien kennzeichnete.

Sie ging um die Ecke des grauen Steingebäudes und betrat den Zeitungsladen. Nicht anders als in der Stadt, in der ihre Eltern lebten, war die Post in dem kleinen Laden untergebracht. Sie ging an den Gängen mit Essen, Chips und Süßigkeiten vorbei, bis sie an der Warteschlange für den Postschalter ankam. Eine Frau in ihren Fünfzigern stand allein da, mit einem etwas gelangweilten Gesichtsausdruck.

Jane ging zu der Frau. Sie hatte überlegt, ihren walisischen Akzent auszuprobieren, hatte sich aber dagegen entschieden. So weit im Norden gab es viele walisische Sprecher, und Jane kannte nicht viel mehr als eine Handvoll Wörter.

Sie nahm ihr Handy heraus und lächelte die ältere Frau an. „Tut mir leid, Sie zu stören, aber können Sie mir sagen, ob Sie diese junge Frau vor Kurzem gesehen haben?"

Jane zeigte ihr ein kürzlich aufgenommenes Foto von Delia, auf dem sie in die Kamera lächelte – ein sechzehnjähriges Mädchen mit kurzen, braunen Haaren und grünen Augen.

Die Frau sah es an und zurück zu Jane. „Warum fragen Sie mich nach ihr?"

Sie wollte die Frau nicht dazu bringen, zu viel über die Einzelheiten zu fragen, und antwortete: „Sie ist meine Schwägerin und wird vermisst. Ich versuche, meinem Mann dabei zu helfen, sie zu finden."

Die Angestellte sah noch einmal hinunter und runzelte die Stirn. „Sie kommt mir bekannt vor. Ein großes Mädchen wie sie war gestern hier, obwohl sie viel helleres Haar hatte. Sie wollte das Telefon benutzen und hörte sich an, als käme sie von hier. Normalerweise erlaube ich es nicht, aber ihr Handy funktionierte nicht, und Telefonzellen sind heutzutage schwer zu finden."

Wenn Delia wirklich bei allem zugehört hatte, was Jane ihr über frühere Aufträge erzählt hatte, konnte sie nicht ausschließen, dass Delia eine Perücke trug oder ihre Haare gefärbt hatte. „Haben Sie zufällig was von dem mitgehört, was sie gesagt hat, als sie am Telefon war?"

„Nein, ich bin nach hinten gegangen, um ihr etwas Privatsphäre zu geben. Ich habe mich kurz umgedreht, und als ich über die Schulter sah, war sie weg. Sie können den Kassierer fragen, ob er was gesehen hat. Gwilym hat gestern auch gearbeitet."

Jane konnte es dabei belassen, aber sie wollte sich später nicht 'was wäre wenn?' fragen müssen. „Hat meine Schwägerin noch was gesagt? Oder ist sie nur zum Telefonieren gekommen?"

„Nichts sonst, woran ich mich erinnern kann. Viele Leute kommen im Sommer zu Spaziergängen hierher, vor allem wegen Cadair Idris hier, sodass ich während der Touristensaison kaum auf die Unbekannten achte. Ich erinnere mich nur noch an das Telefon, weil so wenige heutzutage danach fragen. Tut mir leid, Liebes."

„Keine Sorge. Vielen Dank für Ihre Hilfe."

Jane winkte halb und drehte sich um. Obwohl sie wusste, dass Delia sich teilweise verkleidet haben könnte, hoffte sie, dass der Kassierer mehr Informationen hätte. Ja, sie mussten noch die Drachenwandler-Farmen wegen weiterer Hinweise aufsuchen, aber Jane war ungeduldig. Delia war jetzt Teil ihrer Familie, und sie wollte sie unbedingt finden.

Der junge Mann an der Kasse war Anfang zwanzig, mit dunklen Haaren und Augen. Er sah von seinem Handy auf, und Jane fragte: „Hallo, haben Sie gestern mit diesem Mädchen gesprochen?" Sie zeigte noch einmal Delias Bild. „Sie ist meine Schwägerin, und ich versuche sie zu finden."

„Ja, das war doch das große, sportliche Mädchen, das nach diesen tätowierten Typen gefragt hat."

„Tätowierte Typen?", wiederholte sie.

Er nickte. „Sie sagte, sie haben ihre Tasche gestohlen, und sie versuchte, sie aufzuspüren. Ich fand es seltsam und hab nach der Polizei gefragt, aber sie wollten ihr nicht helfen oder so. Die drei Männer mit den Tattoos kommen hier alle ein bis zwei Wochen vorbei, um Zigaretten zu holen, und dann gehen sie meistens noch für Alkohol zum Schnapsladen um die Ecke."

Jane hatte den Laden auf dem Weg zur Post schon bemerkt. „Haben Sie ihr sonst noch was über die Typen erzählt? Ihr Bruder macht sich Sorgen um sie, und wenn sie die Diebe vielleicht selbst fangen wollte, muss ich so viel wissen, wie Sie mir sagen können, bevor sie in richtige Schwierigkeiten gerät."

Der Mann zuckte mit den Schultern. „Es gab nicht viel mehr zu erzählen. Alle drei waren Waliser mit Tattoos auf den Unterarmen, aber das ist alles, woran ich mich erinnere. Moment, keiner von ihnen hatte Gesichtsbehaarung. Ich sagte ihr, es sei das Beste, auf die Polizei zu warten, damit die sie erwischt."

Jane zwang sich, herzlich zu lächeln. „Danke für Ihre Hilfe. Wenn Sie sie wiedersehen, rufen Sie bitte diese Nummer an." Jane reichte ihm eine Karte. Die Nummer war die eines der Wegwerftelefone, die sie für Ermittlungen benutzte und die sie an verschiedenen Orten verstaute. Sie wollte nicht zulassen, dass jemand sie über ihre persönliche Nummer fand.

Als Jane den Laden verließ und um die Ecke ging, überlegte sie, ob sie noch in den Schnapsladen gehen und weitere Fragen stellen sollte.

Doch dann hatte sie eine Idee. Die Post und der Zeitungsladen hatten Überwachungskameras. Sie wettete, dass sie sogar in Nordwales Aufnahmen bei einem Online-Speicherdienst sicherten. Nun, die Post sollte es jedenfalls tun. Sie musste nur Arabella MacLeod kontaktieren, eine brillante Hackerin, die Jane in der Vergangenheit schon öfter geholfen hatte. Die Drachenfrau lebte mit ihrem Gefährten und ihren Kindern in Schottland, aber sie war in Stonefire geboren und aufgewachsen. Alle, auch sie und Kai, vertrauten Arabella.

Da Bilder besser wären als eine weitere Beschreibung von walisischen Typen mit Tattoos, machte Jane sich auf den Weg nach Norden in Richtung Fluss. Sie hatte so das Gefühl, dass die Männer, nach denen Delia gefragt hatte, mit den Entführungen in

Verbindung standen, oder zumindest glaubte Delia das. Warum Delia nicht Abstand gehalten und dem Clan Snowridge ihr Wissen mitgeteilt hatte, hatte Jane keine Ahnung.

Wenn Delia die Männer selbst aufspüren wollte, könnte es schlimm enden.

Sie ging schneller und rannte nun fast zum Treffpunkt.

Kai würde Jane nie die Schuld geben, wenn Delia etwas zustieße, aber Jane würde sich selbst Vorwürfe machen. Sie hatte das Mädchen als reif für ihr Alter eingeschätzt und ihr zu viel über ihre früheren Jobs erzählt. Sie musste es wieder gutmachen, sonst würde sie Kai am Ende noch mehr Schmerzen bereiten.

Jane hoffte nur, dass Delia noch nicht gefangen genommen worden war. Wenn man überlegte, was Arabella als Teenager geschehen war, als sie von Drachenjägern missbraucht und in Brand gesteckt worden war, begann Janes Fantasie mit ihr durchzugehen.

Kai bahnte sich seinen Weg durch die Bäume entlang des Flusses, während er auf- und abging und es sich verkniff, noch einmal auf sein Handy zu sehen. „Arabella braucht verdammt lange, um mir diese Bilder zu schicken."

„Es sind erst fünf Minuten vergangen, Kai", sagte Jane.

Er sah zu seiner Gefährtin. Trotz ihres Versuchs, ein ruhiges Gesicht zu machen, tanzte die Sorge in ihren Augen. „Das ist die einzige Spur, die wir bislang haben."

„Nun, ich könnte mehr Leute in der Stadt nach den tätowierten Typen fragen, wenn sonst nichts geht. Vielleicht hat jemand ihr Auto bemerkt oder in welche Richtung sie gefahren sind. Ganz zu schweigen davon, dass Eira und Wren jetzt auf den Farmen sind und nach weiteren Hinweisen suchen."

Sein Tier meldete sich zu Wort. *Lass es nicht an Jane aus. Immerhin ist sie auf die Idee gekommen, Arabella zu fragen.*

Ich weiß, aber da niemand sonstwas Nützliches gefunden hat und die Snowridge-Beschützer sie immer noch nicht haben, fange ich an, mir Sorgen zu machen.

Jane berührte seinen Arm. „Wenn es ein Clan-Mitglied wäre und nicht Delia, wärst du ruhiger. Ich weiß, es ist schwierig, aber jeder braucht jetzt den Beschützer Kai. Glaubst du, er kann sich zeigen?"

„Kann ich nicht beides sein?"

Sie lächelte bei seinem knurrenden Tonfall. „Was würden alle anderen davon halten, dass Stonefires oberster Beschützer schmollt?"

„Ich schmolle nicht. Ich bin besorgt und ungeduldig. Das ist ein Unterschied."

Jane legte eine Hand an seine Brust. „Wenn du meinst."

Sein Tier lachte. *Du benimmst dich wie ein Kind.*

Fang nicht damit an. Außerdem ist es nur Jane. Sie liebt uns ganz.

Das ist auch gut so. Ohne sie in unserem Leben hättest du wahrscheinlich schon ein paar Köpfe aneinandergeschlagen und einen Aufruhr verursacht.

Bevor er antworten konnte, klingelte sein Telefon. Er nahm es heraus und öffnete es. Als er die Nummer des Anrufers sah, stellte er auf Lautsprecher. „Was hast du herausgefunden, Arabella?"

Finlay Stewart, der Anführer des schottischen Drachen-Clans und Arabellas Gefährte, knurrte. „Sei netter zu Ara. Schließlich hat sie das gemacht, obwohl sie drei kleine Kinder zu versorgen hat."

Kai wollte ihm gerade schon sagen, er solle sich verpissen, als Arabellas Stimme über die Leitung kam. „Ignorier Finn. Sein Charme scheint mit der Menge an Schlaf zu korrelieren, den er bekommt, und er hat in letzter Zeit nicht viel geschlafen."

„Nicht alle von uns sind wie du und können mit drei Stunden Schlaf gut funktionieren", brummte Finn.

Arabella fuhr fort, als hätte sie ihren Gefährten nicht gehört. „Ich habe die Bilder gefunden, aber sie sind unklar und pixelig. Ich lasse Ian und Emma gerade daran arbeiten, sie zu bereinigen, aber ich schicke jetzt erst mal die Originale."

Kai wusste nicht, wer Ian und Emma waren, hielt es aber nicht für wichtig genug, nach ihnen zu fragen. „Vergleichst du die Bilder mit Datenbanken, auf die du zugreifen kannst?"

„Natürlich, aber das braucht Zeit, Kai. Sieh dir einfach die Bilder an und schließe daraus, was du kannst. Ich wollte dir nur sagen, dass mehr kommen wird, denn ich weiß, dass du sonst anrufst und was verlangen würdest."

Jane meldete sich zu Wort. „Ich versuche, ihn auf der Spur zu halten, Arabella. Danke für deine Hilfe."

„Viel Glück", erwiderte Arabella und legte auf.

Kai sah nach seinen E-Mails und öffnete die Bilder. Er achtete darauf, dass auch Jane sie sehen konnte.

Sie waren undeutlich und zeigten nicht viel, abgesehen von den unterschiedlichen Größen der drei Männer. Selbst als er heranzoomte, konnte er nicht sagen, was die Tattoos darstellen sollten.

Er sah zu Jane und sagte: „Ich weiß deine Arbeit zu schätzen, aber bis wir einen klareren Überblick haben, ist das hier im Moment eine Sackgasse."

Jane zuckte mit den Schultern und erwiderte: „Man weiß nie. Das Foto könnte sich später als nützlich erweisen, auch ohne eine klarere Version. Wenn du drei Männer dieser Größe mit Tätowierungen an den gleichen Stellen siehst, ist es sehr wahrscheinlich, dass sie passen. Es kann nicht so viele Männer geben, die dieser Beschreibung entsprechen, es sei denn, es ist ein Drachenjägerdoppelgängerkomplott im Gange."

„Sei nicht albern. Die Bastarde werden sich nicht die Zeit nehmen, Doppelgänger zu suchen."

Jane zwinkerte. „Das bedeutet, du stimmst mir zu, dass das Foto nützlich ist." Janes Handy piepte, und sie tippte ein paarmal darauf herum, bevor sie hinzufügte: „Wren hat was auf der Farm gefunden, wo das erste Kind verschwunden ist. Wer weiß, vielleicht führt uns das zu Delia. Wir müssen schnell in den Bereich, in dem du wandeln kannst."

„Bist du dir sicher, dass du wieder so fliegen kannst?"

Stahl flackerte in ihrem Blick. „Das Herz in meiner Bauchgegend zu haben, wird sich lohnen, wenn wir dafür am Ende deine Schwester finden."

Nicht zum ersten Mal fragte sich Kai, wie er eine Gefährtin wie Jane verdient hatte.

Sein Tier meldete sich zu Wort. *Wie ich bereits sagte: Sie gehört uns. Glaub an sie. Jane wird mit uns alt werden.*

So sehr Kai gezweifelt hatte, ob er Jane mitnehmen sollte, schienen ihre Ermittlungen ihm zu helfen. Je entschlossener Jane war, seine Schwester zu finden, desto mehr glaubte er, dass sie immer bei ihm bleiben würde. Schließlich würde eine Frau sich nicht so viel Mühe geben, sich ihren Ängsten stellen oder ihr Leben für einen Mann aufs Spiel setzen, den sie verlassen wollte.

Sein Drache brüllte. *Hör mit diesen Gedanken*

auf! Wir gehören Jane genauso wie sie uns gehört. Beeil dich und geh zu dem Bereich, in dem wir wandeln können, damit wir weiterarbeiten können.

Er küsste Jane vorsichtig. „Denkst du, du kannst mit mir mithalten, oder soll ich dich tragen? Ich werde rennen."

Sie neigte den Kopf. „Ich habe mehr trainiert, also sollte ich in der Lage sein, mithalten zu können. Lass es uns herausfinden."

Als Jane sich umdrehte und auf die Lichtung zustürmte, lief Kai ihr hinterher. Nichts brachte das Blut eines Drachenmanns mehr in Wallung als eine Verfolgungsjagd. Sobald seine Schwester in Sicherheit war, musste er das mit Jane an einem abgelegenen Ort versuchen, wo er sie fangen und seiner Gefährtin zeigen konnte, wie sehr er sie liebte.

Nicht, dass er mehr Motivation brauchte, um Delia zu finden. Aber jede Ausrede, Zeit mit seiner Gefährtin zu verbringen, war etwas, wofür er auch kämpfen würde.

Kapitel Fünf

A uch wenn es besser war, in einem verdammten Korb zu fliegen, als von Drachenklauen getragen zu werden, aber in dem Moment, als einer von Snowridges Beschützern Janes Korb auf festen Boden stellte, sprang sie heraus und rannte zum Rand des Landeplatzes.

Sie dachte, sie hätte sich schon besser an das Fliegen gewöhnt, aber anscheinend machte es ihr nur dann nichts aus, wenn Kai sie trug.

Sie war jedoch keine Idiotin und wollte keinen Aufstand machen, weil ihr Gefährte sie nicht zurück nach Snowridge begleitete. Kai, Wren und Eira waren losgezogen, um die identischen Reifenspuren zu überprüfen, die sie auf beiden Farmen gefunden hatten. Snowridges Tracker, eine Beschützerin namens Carys, hatte Janes Platz bei der Untersuchung eingenommen. Mit Janes normalem menschlichen Gehör und schwächeren Sinnen wäre sie eine Last gewesen und hätte sie nur verlangsamt.

Nicht, dass sie sich zurücklehnen und gar nichts tun wollte. Janes Bauchgefühl sagte ihr, dass jemand Delia wahrscheinlich mit Geld oder beim Transport geholfen hatte, um aus Snowridge wegzukommen. Nach dem, was sie gehört hatte, schlich Delia manchmal mit Freunden davon, wurde aber öfter erwischt. Auch wenn eine geringe Wahrscheinlichkeit bestand, dass Kais Schwester es allein gemacht hatte, würde Jane keine Möglichkeit ausschließen.

Also wollte sie die Schritte ihrer Schwägerin zurückverfolgen. Es würde ihr was zu tun geben und ihr helfen, ihre Sorgen um Kai zu vergessen.

Nun, größtenteils zu vergessen. So geschickt ihr Gefährte auch war, wenn er am Ende ein Versteck von Drachenjägern fand, bestand immer die Gefahr, dass er verletzt wurde oder Schlimmeres.

Die Jäger-Bastarde spielten nicht fair und dachten nicht zweimal darüber nach, Drogen oder sogar eine elektrische Sprengpistole einzusetzen, um einen Drachen zur Strecke zu bringen. Wenn das überhaupt möglich war, würden sie ihn nicht sofort töten, da Drachenblut wertvoll war. Aber sie hatte von Nikki Gray gehört, wie die Drachenjäger eine Beschützerin von Stonefire hatten ausbluten lassen. Sie ballte die Fäuste bei dem Gedanken, dass ihr goldener Drachenmann dem Gleichen ausgesetzt wäre.

Nein. Alle waren jetzt besser vorbereitet als bei diesem alten Vorfall und waren sich der barbarischen Taktiken der Drachenjäger voll bewusst. Kai würde auf sich selbst aufpassen.

Sie atmete tief ein und ging zum Haupteingang in den Berg, wo sie von Kais Mutter Lily begrüßt wurde. Die ältere Frau platzte heraus: „Was hast du herausgefunden?"

Sie konnte die Tatsachen beschönigen, aber sie schuldete Lily die Wahrheit. „Wir wissen, nach wem Delia gesucht hat, aber wir sind immer noch nicht sicher, wo sie ist."

Lily nickte. „Damit seid ihr wenigstens einen Schritt näher daran, meine Tochter zu finden."

Jane widerstand einem Blinzeln. „Ich hatte mich immer schon gefragt, woher Kai seine Besonnenheit hat."

Lily schlang einen Arm um ihre Taille und führte sie in den Felsen. „Ich war nicht immer so. Aber Kais Vater war es, und es hat ein bisschen auf mich abgefärbt. Er war vielleicht nicht mein wahrer Gefährte, aber ich habe ihn geliebt." Sie lächelte traurig. „Ich wünschte nur, Kai könnte sich mehr an ihn erinnern. Er war ein tapferer Mann, genau wie unser Sohn."

Kai sprach selten über seinen Vater, vor allem, weil er acht Jahre alt gewesen war, als sein Vater gestorben war, und weil er sich nicht an viel erinnerte. „Sobald das alles geklärt ist, musst du mir noch ein paar Geschichten erzählen. Kai ist vielleicht zu stur, um danach zu fragen, aber ich weiß, dass er sich auch danach sehnt, mehr über seinen Dad zu erfahren."

„Das kann ich gern machen." Lily drückte sie sanft. „Also, Kai hat am Telefon was davon erwähnt, dass du hier auch nach Informationen suchst. Sag mir, was du brauchst, und ich helfe dir auf jede erdenkliche Weise."

Sie gingen um die Ecke des Korridors und betraten Lilys Haus. Als sich die Tür schloss, fragte Jane: „Ich versuche, Delias Schritte zurückzuverfolgen. In ihrer Akte wird nur erwähnt, dass sie in den Unterricht ging und nicht von ihrem Mittagessen zurückkam. Ich dachte, ihre Lehrer könnten was wissen oder zumindest was mitgehört haben."

„Ich gebe dir eine Liste ihrer Lehrer."

Lily zögerte. Jane hob eine Braue. „Was willst du mir nicht sagen?"

„Wie machst du das? Woher weißt du, dass ich was verheimliche?"

Sie zuckte die Schultern. „Es ist ein Talent. Aber sag mir einfach alles, Lily. Selbst das kleinste Detail zu verbergen, könnte Folgen haben."

Lily sah ihr in die Augen und seufzte dann. „Ich hatte gehofft, dir die Wut zu ersparen, aber die meisten von Delias Morgenstunden werden von Maggie Jones unterrichtet."

Sie blinzelte, bevor sie die Augen zusammenkniff. „Die gleiche Maggie Jones, die vor all den Jahren auf Kais Herz herumgetrampelt ist?"

„Auch wenn ich deine schützende Natur schätze, kannst du nicht gegen einen Drachenwandler gewinnen, Jane. Nicht mal einen mit leiser Stimme wie Maggie. Denk daran, wenn du sie siehst."

Jane atmete einmal tief durch und zählte bis drei. Normalerweise konnte nur ihr Bruder sie zur Weißglut bringen. „Du hast natürlich recht. Es ist nur, dass das, was diese Drachenfrau gemacht hat, immer noch Auswirkungen auf Kai hat." Jane überlegte, ob sie mehr sagen sollte, aber als Lily nur geduldig wartete, beschloss sie, es herauszuplatzen: „Egal, was ich sage oder tue, Kai denkt, ich werde ihn eines Tages verlassen."

Lily lächelte traurig. „Trotz all seines Alpha-Beschützer-Gehabes, hatte mein Sohn schon immer insgeheim eine sensible Seite. Du hast ihn besser geheilt, als ich es je gekonnt hätte, Jane. Ich vertraue darauf, dass du eines Tages seine Zweifel vertreiben wirst. Tief im Inneren weiß er wahrscheinlich, dass du bleiben wirst. Aber bis dieser kleine Teil von ihm endlich akzeptiert, dass er Maggie nicht vergrault hat, sondern dass das allein ihre Feigheit war, wird er weiterhin sein eigener schlimmster Feind sein."

Jane war daran gewöhnt, die starke Frau zu sein, die sich gegen alles wehrte. Doch in dieser Sekunde versuchte sie nicht, ihre Unsicherheiten zu verbergen. „Ich hoffe nur, dass er eines Tages vollständig heilt. Ich bin mir nicht sicher, was ich sonst noch tun kann."

Lily tätschelte ihren Arm und fügte hinzu: „Keine Sorge. Sobald ihr zwei ein Kind habt, sollte er klug werden."

Jane setzte ein Lächeln auf, aber innerlich runzelte sie die Stirn. Ein Baby zu haben, um Kai davon zu überzeugen, dass sie bei ihm bleiben würde, war nicht die beste Idee; sie sollten sich ein Kind einfach seinetwegen wünschen. Es musste einen anderen Weg geben.

Trotzdem konnte sie es nicht ertragen, Lilys Träume, Großmutter zu werden, noch einmal zu zerschlagen, also sagte sie: „Danke fürs Zuhören. Ich werde mit Kai darüber sprechen, aber es ist schön, es mit jemandem teilen zu können, der ihn so gut versteht."

„Oh, ich glaube, du kennst ihn besser als ich heutzutage. Er hat Glück, dich zu haben, Jane Hartley."

Lily zog sie in eine Umarmung, und Jane schlang die Arme um ihre Schwiegermutter. „Ich denke, wir müssen öfter zu Besuch kommen."

Die ältere Drachenfrau zog sich zurück. „Noch besser wäre es, wenn du mal deine Eltern herbringen würdest. Ich habe Rafe schon kennengelernt – er ist so schlimm wie ein Drachenmann, wenn es um Beharrlichkeit und Alphagehabe geht, wenn ich das sagen darf – aber nicht deine Eltern. Snowridges Anführer schuldet mir ein paar Gefallen, selbst nach all dem hier, und ich würde sie gern für die Hartleys einfordern."

Jane nickte und antwortete: „Sobald wir Delia gefunden haben, werde ich daran arbeiten."

„Viel Glück, Kind. Wenn Maggie dir Ärger macht, rufst du mich sofort an, hörst du?"

Trotz Lilys sanftem Aussehen war der Stahl in ihrer Stimme nicht zu überhören. „Werde ich. Sag mir, wo ich sie finde, und ich gehe gleich los."

Als Lily ihr den Weg nannte, schlug Janes Herz schneller. Sie hatte dieses Treffen lange genug vor sich hergeschoben. Es war höchste Zeit für sie, mit der mysteriösen Maggie Jones zu sprechen. Der Trick wäre, sich auf Delia zu konzentrieren und der Drachenfrau nicht zu erlauben, sie zu provozieren, wenn sie es versuchte. Jane wusste wenig über die Drachenfrau, aber das würde sich wohl bald ändern.

Kai wünschte sich, er könnte in seiner Drachengestalt über das Gebiet fliegen, um den Truck zu finden, den sie suchten, aber sie durften nicht riskieren, entdeckt zu werden und ihre möglichen Ziele aufzuscheuchen.

Also folgte er Carys, die sie über die Landstraße nördlich von Dolgellau führte. Dank der vielen Bäume auf beiden Seiten der Straße war es leicht, weitgehend außer Sicht zu bleiben.

Die braunhaarige Drachenfrau mit den grünen Augen blieb abrupt stehen und blickte nach links.

Sie winkte in die gleiche Richtung. „Sie sind hier von der Straße abgebogen."

Kai sah sich die Gegend an. Der Feldweg führte über offene Flächen zu einem Farmhaus in der Ferne. Nicht einmal sein Drachenblick konnte die Details erkennen, also nahm er ein leistungsstarkes Fernglas aus seinem Rucksack und richtete es auf das Gebäude.

Neben dem alten zweigeschossigen Bau gab es eine Reihe von Nebengebäuden und eine große Scheune. Obwohl kein Truck in Sicht war, waren einige der Gebäude groß genug, um einen darin zu verstecken.

Er senkte das Fernglas und sah die drei anderen Drachenwandler an. „Glaubt ihr, einer der Snowridge-Farmer könnte wissen, wer diese Leute sind?"

Eira schüttelte den Kopf. „Das bezweifle ich. Nur wenige Farmer wollen was mit den Drachen zu tun haben. Ganz zu schweigen davon, dass das Fliegen in diesem Bereich eingeschränkt ist, um die Tiere nicht zu erschrecken."

Kais Drache meldete sich zu Wort. *Wir brauchen einen Menschen, der sich das ansieht.*

Jane ist Engländerin. Ihr Akzent wird eine riesige rote Fahne schwenken.

Es muss doch einen walisischen Menschen geben, der uns helfen wird.

Kai ging im Kopf die wenigen Waliser durch, die er kannte, sowohl Menschen als auch Drachen, und erinnerte sich schließlich an einen. *Traherns Arzt-freundin Emily Davies ist ein Mensch.*

Aber sie kommt aus Cardiff. Walisische Akzente mögen für mich alle gleich klingen, aber ich bin sicher, dass die Einheimischen es bemerken werden.

Es ist zu zeitaufwendig, jemanden zu suchen. Wir müssen das anders machen.

Er konzentrierte sich wieder auf die drei Drachenwandler. „So sehr ich auch hin und das Gelände durchsuchen will, aber wir sollten hier im Schutz der Bäume warten. Sobald der Truck losfährt und Carys die Spuren bestätigen kann, können wir versuchen, uns auf das Gelände zu schleichen, um Beweise zu finden. Und sobald wir sie haben, können wir Verstärkung anfordern."

„Und wenn der Truck nicht wegfährt?", fragte Wren.

Kai konzentrierte sich auf Carys. „Wie sicher bist du bei deinen Trackerfähigkeiten?"

Die Drachenfrau stemmte die Hände in die Hüften. „Noch kein anderer Drache hat mich in Wales übertroffen." Sie sah Wren mit zusammenge-kniffenen Augen an. „Und das weißt du."

Wren hob die Hände. „Ich versuche doch nur, vorbereitet zu sein, Carys. Du bist geschickt, aber soweit wir wissen, haben sie Tunnel. War das nicht das, was du neulich in der Nähe von Carlisle gefunden hast, Kai, als du den Drachenjägern dort nachgegangen bist?"

Evie Marshall, die spätere Gefährtin von Stonefires Clan-Anführer, war zusammen mit Nikki und einer anderen Beschützerin namens Charlie entführt worden. Ein Teil des Rettungsplans war die Nutzung von Tunneln gewesen, die die Drachenjäger für Fluchtwege gegraben hatten.

„Ja, aber die ehemals ansässige Carlisle-Gruppe verfügt über eine große Anzahl und Ressourcen. Es kommt mir unwahrscheinlich vor, dass das Gleiche hier passieren würde. Ich sage, wir warten, und wenn bis zum Einbruch der Dunkelheit nichts auftaucht, können ein oder zwei von uns versuchen, sich unentdeckt umzusehen."

Carys nickte. „Ich werde eine davon sein. Ich bemerke vielleicht was, das ihr nicht sehen könnt."

Kai meldete sich zu Wort, bevor die anderen etwas sagen konnten. „Und da Delia meine Schwester ist, sollte ich der andere Ermittler sein, es sei denn, Wren oder Eira haben Probleme damit?"

„Nein, es ist besser für uns, Snowridge zu kontaktieren und um Unterstützung zu bitten, falls es nötig sein sollte", antwortete Eira.

„Richtig, dann machen wir es uns gemütlich, und jeder nimmt verschiedene Abschnitte. Wren und Eira, ihr geht weiter nach Süden und beobachtet die Straße. Carys und ich werden die Farm und die umliegenden Freiflächen im Auge behalten."

Kai war froh, dass Eira und Wren ohne Widerrede gingen. Es konnte nicht leicht für sie sein, Befehle von einem anderen Clan-Beschützer anzunehmen.

Sein Drache meldete sich zu Wort. *Wenn sie die Details über Evies Rettung kennen, dann haben sie sich mit Sicherheit unsere frühere Arbeit angesehen. Sie wissen, dass wir liefern können.*

Zu wissen, dass jemand qualifiziert ist, und seinen Anweisungen ohne Zögern Folge zu leisten, sind zwei verschiedene Dinge.

Nicht für einen Drachen. Ihre Drachenhälften werden sie in Schach halten.

Kai schnaubte. *Vorausgesetzt, jeder ist so stur wie du.*

Sind nicht alle Drachen stur?

Guter Punkt. Und jetzt, sei still. Ich muss aufpassen.

Während Kai das Farmhaus und die angrenzenden Gebäude beobachtete, hielt er auch die Ohren offen. Wenn er auch nur den Schrei eines Kindes hörte, hätte er genug Grund, sich damit zu befassen und würde nachher dem Zorn des MDA entgehen.

Zumindest hoffte er das.

Nein. Er würde sich später um die MDA-Politik sorgen. Selbst wenn es ihn ins Gefängnis brachte, würde er seine Schwester und die vermissten Kinder retten. Niemand sollte das gleiche Schicksal ertragen wie andere, die in der Vergangenheit gefangen genommen worden waren, vor allem keine Kinder.

Jane stand am Eingang des großen, höhlenartig aussehenden Raumes und beobachtete die stille Drachenfrau mit den dunklen Haaren.

Von Maggies leiser Stimme bis zu ihrer etwas unterdurchschnittlichen Größe für eine Drachenwandlerin versuchte Jane, sich Kai mit dieser Frau vorzustellen. Aber jedes Mal, wenn sie es versuchte, sah sie nur Kai auf Zehenspitzen um sie herumschleichen und seine Alpha-Natur in Schach halten.

Mit anderen Worten, er durfte nie sein wahres Ich sein.

Wie das Schicksal jemals denken konnte, dass sie Kais beste Chance auf Glück sei, hatte Jane keine verdammte Ahnung.

Trotzdem, egal wie sehr Jane Maggie nicht mochte, weil sie Kai verletzt hatte, wäre es kontraproduktiv, auf sie zuzugehen und ihr ins Gesicht zu schlagen. Außerdem hatte Maggie nie versucht, Kai zurückzulocken. Verdammt, sie hatte ihn kaum eines Blickes gewürdigt, wann immer sie und Kai Snowridge in der Vergangenheit besucht hatten.

Wie Jane es Rafe sagen würde, wenn er das Gleiche mit einem von Nikkis ehemaligen Liebhabern tun wollte, musste sie erwachsen werden und sich auf das konzentrieren, was wichtig war – Delia zu helfen.

Eine Glocke klingelte, und die jungen Drachenwandlerschüler nahmen ihre Taschen und verließen den Raum. Laut Lily hätte Maggie von jetzt an bis nach dem Mittagessen frei.

Jane atmete tief durch, verließ ihr Versteck am Eingang und betrat den Raum.

Maggie blickte auf, als sie das Geräusch ihrer Schritte hörte. Ihre Pupillen blitzten zu Schlitzen und zurück, bevor sie fragte: „Was brauchen Sie, Jane?"

„Sie wissen also, wer bin."

„Jeder in Snowridge weiß das."

Als Maggie es nicht weiter ausführte, beschloss Jane, das Gespräch auf ihr Ziel zu lenken. „Ich bin in einer offiziellen Angelegenheit hier, Miss Jones. Delia ist nach Ihrem Unterricht verschwunden, und ich muss wissen, ob sie erwähnt hat, wohin sie wollte."

Maggie ging an ihren Lehrerschreibtisch und setzte sich dahinter. „Da dachten Sie also sofort, ich hätte was getan, um Delia zu vertreiben."

Jane runzelte die Stirn. „Das habe ich nicht gesagt. Ich versuche nur, eine bessere Vorstellung davon zu bekommen, was an diesem Tag passiert ist."

Maggie wandte den Blick ab, und Jane musste sich zusammenreißen, um nicht zu knurren und eine Antwort zu verlangen. Sie konnte es sich nicht leisten, die Drachenfrau zu erschrecken und sich möglicherweise Informationen zu ihrem Fall entgehen zu lassen.

Die Frau begegnete endlich wieder ihrem Blick. „Ich habe vielleicht einen geheimen Ausgang erwähnt, den die Beschützer benutzen, um zu fliehen, aber ich habe ihr nicht gesagt, dass sie ihn suchen soll."

„Woher wussten Sie von dem Ausgang?"

Sie erwartete halb, dass Maggie den Kopf senken und schweigen würde. Sie antwortete jedoch: „Der Bruder meines verstorbenen Gefährten ist ein Beschützer, und er hat es einmal erwähnt."

„Verstorbener Gefährte?", wiederholte Jane.

„Ja. Mein Gefährte starb vor einigen Wochen an einer Drachenkrankheit."

Während Janes Verstand wirbelte, bemerkte sie den Mangel an Trauer in Maggies Augen. Sie sollte den Mund halten, aber ihre Neugier gewann die Oberhand. „Ausgehend von Ihrem Mangel an Trauer schätze ich, dass Sie ihn nicht geliebt haben."

„Nein. Obwohl er gut zu mir war, als er lebte." Maggie räusperte sich. „Gibt es sonst noch was? Ansonsten habe ich Unterricht vorzubereiten."

Maggie mochte leise sprechen, aber wenn sie in ihrer Jugend schwach gewesen war, war sie dem größtenteils entwachsen.

Ihr erster Impuls war, Maggie zu sagen, sie solle sich von Kai fernhalten. Jane hatte keine Ahnung, ob ihr Kuss immer noch den Gefährtenrausch auslösen würde oder nicht. Drachenwandler konnten über einen wahren Gefährten hinwegkommen, aber Jane hatte keine verdammte Ahnung, wie lange es dauerte.

Aber dann erinnerte sie sich an Kais liebevollen Blick, und das vertrieb ihre Ängste. Jane vertraute

Kai. Selbst wenn Maggie etwas versuchte, würde Kai treu bleiben.

Ein kleiner Zweifel warnte sie vor dem Gegenteil, aber Jane schob ihn beiseite. Sonst würde sie vielleicht nie herausfinden, was sie brauchte. „Wenn Sie die Geheimtür erwähnt haben, dann kann ich mir vorstellen, dass Delia Ihnen wohl erzählt hat, warum sie sie brauchen könnte. Können Sie mir was darüber sagen?"

Maggie zuckte mit den Schultern und ordnete ein paar Papierstapel neu. „Sie wollte etwas untersuchen, um Sie nachzuahmen." Maggies dunkler Blick traf ihren eigenen. „Wenn überhaupt, ist das hier Ihre Schuld. Für einen Menschen ist es schwer, das zu verstehen, aber Drachenwandler-Teenager sind immer auf der Suche, sich zu beweisen. Delia versucht, sich Ihnen zu beweisen."

Jane presste ihre Finger zusammen. „Sagt die Frau, die ihr erzählt hat, wie sie entfliehen kann. Hassen Sie mich, wenn Sie wollen, aber das Leben eines Kindes zu riskieren, um an mich ranzukommen, ist unverzeihlich."

„Kai wird sie finden, aber er wird Ihnen die Schuld an allem geben. Vielleicht wird er dann endlich verstehen, warum sich Menschen und Drachen nie paaren sollten."

Sie trat näher. „Kai wird leicht sehen, dass eine Frau, die ihm das Herz gebrochen hat, seine jetzige Liebe verletzen wollte. Was mit Kai passiert ist, ist Ihre Schuld, Maggie. Wenn Sie glauben, es gibt eine zweite Chance bei Kai, dann verstehen Sie ihn kein bisschen."

„Ich habe nicht vor, Drachenangelegenheiten mit einem Menschen zu besprechen. Ich habe alles gesagt, was ich weiß. Sie sollten besser gehen, bevor ich meinem Clan-Anführer sage, dass ein Mensch versucht, mich einzuschüchtern, damit ich sage, was sie hören will."

Der Drang, Maggie zu schlagen, kehrte zurück, aber Lilys Warnung, dass sie nicht gegen einen Drachenwandler gewinnen konnte, fiel ihr wieder ein.

Jane mochte zwar keinen körperlichen Kampf gewinnen können, aber sie könnte auf lange Sicht die Oberhand haben. Sobald Kai zurückkehrte, sollten sie einen Weg finden, sicherzustellen, dass Maggie für ihre Engherzigkeit das bekam, was sie verdiente. Einen Jungen zu gefährden, war ein Verbrechen bei Drachenwandlern. Zumindest in Stonefire. Sie schätzte, in Snowridge war es genauso.

Maggie Jones würde schon die Quittung dafür bekommen.

Jane trat einen Schritt zurück. „Das hier ist noch nicht vorbei."

Maggie zuckte die Schultern und hob eine Augenbraue. „Es steht mein Wort gegen deins. Ich weiß ja nicht, wie die Dinge in Stonefire gehandhabt werden, aber in Snowridge kommt der Clan vor Fremden."

Jane wollte ihr Handy herausnehmen und ihr

zeigen, dass sie das Interview aufgezeichnet hatte, wie sie es immer tat, um es später zu überprüfen. Jane ließ jedoch zu, dass Maggie sich sicher fühlte.

Sie drehte sich um und ging aus dem Klassenzimmer und den Flur hinunter. Es schien, als hätten Jane und sogar Kai Maggies Fähigkeiten unterschätzt. Sie würde dafür sorgen, dass keiner von ihnen das je wieder tat.

Kapitel Sechs

Kai und Carys hatten sich zwischen den Bäumen gehalten und die Gegend bis zum Einbruch der Dunkelheit beobachtet. Als die Sonne endlich unterging und nichts passiert war, machten sie sich auf den Weg zum Farmhaus und den anderen Gebäuden. Eira und Wren wurden an zwei verschiedenen Stellen postiert, um weiter zu beobachten und sie auf jeden aufmerksam zu machen, der in ihre Richtung käme.

Dank seines Drachenwanderlsehvermögens konnte Kai trotz der Dunkelheit jeden Stein und sogar jeden Zigarettenstummel auf dem Boden sehen. Das Wichtige war, so wenig Geräusche wie möglich zu machen und eventuelle Sprengfallen zu umgehen. Kai glaubte nicht, dass sie über hochentwickelte Sicherheitssysteme verfügten, aber er hielt auch danach Ausschau.

Licht fiel durch eines der Fenster im Farmhaus

im Erdgeschoss. Als sie sich jedoch näherten, hörte er keine Stimmen, Schritte oder andere Anzeichen menschlicher Behausung. Er signalisierte Carys, sie solle den Umkreis des Hauses untersuchen, während er in die Scheune ging.

Wie sein Drache es immer bei wichtigen Missionen tat, blieb er in Kais Kopf still, gab ihm aber seine Beobachtungsfähigkeiten und teilte ihm mit, ob er etwas sah oder hörte.

Kai überwand die Entfernung zum steinernen Scheunengebäude und schnupperte in der Luft. Anstatt Tiermist, Heu oder Erde roch er etwas Chemischem, für das er keinen Namen hatte.

Da er in der Armee reichlich mit Sprengstoffen zu tun gehabt hatte und sie nach ihrem Geruch identifizieren konnte, schloss er auch sie aus. Doch seitdem sein Clan mit Drogen angegriffen worden war, die bewirkten, dass die Drachenhälften die Kontrolle übernahmen und wild wurden, hatte Kai gelernt, vorsichtig gegenüber jeder Chemikalie zu sein, die er nicht benennen konnte. Sobald er die Gelegenheit hatte, musste er sich von Dr. Sid und den anderen Ärzten in Stonefire eine Probe der Droge geben lassen, damit seine Beschützer sich den Geruch merken konnten.

Er betrachtete die Scheune und zählte ein paar lange, schmale Schlitze an den Seiten, zusätzlich zu den breiten Holztüren. Einer der Lüftungsschlitze war auf Bodenhöhe, also hockte sich Kai hin und kroch direkt darunter. Die Stille machte ihn misstrauisch.

Vorsichtig darauf bedacht, keine Spuren zu hinterlassen und keinen Lärm zu machen, erhob sich Kai langsam, bis er durch die Öffnung blicken konnte. Ein großer, weißer Truck stand auf der anderen Seite des Raumes. Er sah sich kurz um und bemerkte eine dünne Lichtlinie, die hinter einer geschlossenen Tür hervorschien.

Sein Drache meldete sich zu Wort. *Wir müssen da rein schauen.*

Ich weiß. Gib mir einen verdammten Moment.

Kai duckte sich und ging leise zu der breiten Tür. Die Scharniere waren nicht gut geölt, was bedeutete, dass sie zu viel Lärm machen würden. Er ging weiter, bis er um die Ecke kam, und untersuchte die andere Seite der Scheune. In einem der Fenster war kein Glas. Es war zwar hoch oben, aber dennoch seine beste Option, um hineinzukommen.

Als er direkt darunter stand, sprang er hoch und schaffte es so gerade, den Vorsprung zu packen. Er zog sich langsam hoch. Als er versuchte, sich durch das Fenster zu lehnen, um sich umzusehen, kratzte etwas an seinem Arm. Er tat es als Überreste des früheren Fensters ab. Als er sich jedoch im Raum umgesehen hatte, verlor er den Halt. Er versuchte, sich aufzufangen, aber seine Finger reagierten kaum. Kai fiel und schaffte es, sich abzurollen, um nicht zu viel Lärm zu machen.

In seinem Kopf rollte sich sein Drache zu einer Kugel zusammen. *So viel Lärm. Lass es aufhören.*

Kai hörte nichts.

Carys tauchte an seiner Seite auf. Ein Blick auf ihn, und sie hockte sich hin, legte seinen Arm um ihre Schultern und half ihm hoch.

Als sein Drache zu brüllen begann, achtete Kai kaum auf das, was vor sich ging. Erst als er Carys Stimme hörte, bemerkte er, dass sie wieder im Schutz der Bäume waren.

„Was ist los?", fragte sie.

„Kratzer an meinem Arm ..." Sein Drache brüllte lauter. „Etwas stimmt nicht. Bring mich zurück."

Sein Tier schlug mit den Flügeln und drängte sich in den vorderen Teil von Kais Kopf. Er konnte flüstern: „Bin unter Drogen", bevor er in ein mentales Gefängnis geworfen und gezwungen wurde zuzusehen, wie sein Drache unkontrolliert um sich schlug.

Carys legte eine Hand über seinen Mund und zog schnell eine Fertigspritze aus einer ihrer Taschen heraus. Kais Drache biss sie in die Hand, aber sie grunzte nur und steckte ihm die Nadel in die Haut.

Im nächsten Augenblick flog Carys einige Meter gegen einen Baum. Man musste ihr hoch anrechnen, dass sie nicht schrie, sondern sofort zu ihm zurückrollte.

Kai wollte sein Tier aufhalten, konnte aber nichts anderes tun, als gegen das unsichtbare Gefängnis zu schlagen.

Carys erreichte ihn mit einer weiteren Nadel in

der Hand. Kai hatte keine Ahnung, ob die erste nicht funktioniert hatte oder gar nichts bewirkte.

Kais Drache schlug nach ihr, aber Carys wich aus und fegte ihm das Bein weg. Er strauchelte, und sie sprang auf seinen Rücken, mit einem Arm um seinen Hals. Sein Drache knurrte, aber Kai spürte den Stich einer weiteren Spritze. Sein Drache brachte seine menschliche Gestalt weiter dazu, sich aufzubäumen, bis Carys gegen noch einen Baumstamm geworfen wurde.

Sein Drache wandte sich gegen sie, aber als er einen Schritt machte, schwankte er und fiel auf die Knie. Nach einer weiteren Sekunde wurde die Welt schwarz, während Kai insgeheim hoffte, dass sein Drache die Anwohner nicht gerade auf ihre Anwesenheit aufmerksam gemacht hatte.

Jane stand mit Lily und Gareth Owens am Rande des Landeplatzes. Snowridges Anführer hatte ihnen gesagt, Kai sei verletzt worden, mehr aber nicht.

Auch wenn ihr Gefährte schon unzählige Male im Dienst verletzt worden war, verhieß es nichts Gutes, dass Rhydian ihr und Lily die Details verschwieg.

Lily legte einen Arm um Janes Schulter. „Ich bin mir sicher, es ist nichts, Jane. Wenn er im Sterben läge, hätte Rhydian es gesagt."

Was Jane nicht erwähnte, war, dass es schlimmere Schicksale als den Tod für Drachenwandler gab. Zwischen inneren Drachen, die bösartig wurden, und solchen, die verstummten, gab es viele Dinge, die mit Kai nicht stimmen konnten.

Normalerweise war sie nicht jemand, der die Hände rang, aber sie konnte nicht anders, als ihre Finger umeinander zu drehen. In Stonefire hätte sie bereits gewusst, was los war. Der Außenseiter in Snowridge zu sein, schien eine Komplikation nach der anderen zu bewirken.

Ein roter Drache kam in Sicht. Dahinter war ein schwarzer Drache. Da Kai ein goldener war, musste er in seiner menschlichen Gestalt bei einem der beiden Tiere sein.

Als sie näherkamen, konzentrierte sich Jane auf den roten Drachen, der etwas kleiner und daher wahrscheinlich weiblich war. Da ihre Hinterbeine nahe an ihrem Körper lagen, anstatt nach unten und hinten, schloss sie, dass der Drache etwas trug.

Bald schon konnte sie eine menschliche Gestalt erkennen, die von den Krallen gehalten wurde.

Es war Kai.

Jane wandte den Blick nicht von ihrem Gefährten ab, sah zu, wie der rote Drache es zum Landeplatz schaffte, hinunter segelte und ihn vorsichtig auf den Boden legte. Sobald der Drache sich zurückzog, rannte Jane an die Seite ihres Gefährten.

Sie kniete nieder und suchte nach Verletzungen.

Aber abgesehen von einem Kratzer am Arm bemerkte sie nichts weiter.

Der rote Drache hatte sich wieder in Carys menschliche Gestalt verwandelt. Jane sah die Drachenfrau an. „Was ist passiert?"

Die Drachenfrau zuckte mit den Schultern. „Ich bin mir nicht ganz sicher. Ich weiß nur, dass sein Drache übernommen und mich sofort wie einen Feind behandelt hat. Kai hat den Kratzer erwähnt, aber nichts sonst."

Jane blickte zu ihrem Gefährten zurück und legte eine Hand auf seine Brust, um sich zu erden. Sie wäre nie in der Lage, ihrem Drachenmann zu helfen, wenn sie zusammenbrach und den Fokus verlor.

Sie atmete tief durch, beugte sich hinab und untersuchte den Kratzer. Das Blut war bereits geronnen, und es gab keine offensichtliche Rötung oder Schwellung. „Wurden Drohnen oder Spezialwaffen auf euch gefeuert?"

„Nein. Ich hab' gesehen, wie Kai durch ein Scheunenfenster kriechen wollte, und das Nächste, was ich weiß, ist, dass er zu Boden fiel. Obwohl ich keine Zeit hatte, die Scheune zu untersuchen, wehte ein seltsamer chemischer Geruch heraus. Vielleicht hat es ihn umgehauen, dass er dem so lange Zeit ausgesetzt war."

„Möglicherweise." Jane strich mit der Hand über seine Brust, seinen Hals und packte schließlich sein kräftiges Kinn. „Ich würde dringend einen Bluttest vorschlagen und Dr. Cassidy Jackson in Stonefire kontaktieren. Ich bin mir nicht sicher, aber das könnte was sein, womit wir schon einmal zu tun hatten."

Bevor Carys antworten konnte, füllte Rhydian Griffiths Stimme den Bereich. „Ich denke, wir müssen reden, Miss Hartley."

Jane blickte auf. „Wenn Sie glauben, dass ich Kais Seite verlassen werde, dann tut es mir leid, aber ich werde Nein sagen müssen, auch wenn das bedeutet, mich Ihren Befehlen zu widersetzen."

„Ich würde nichts anderes von Kais Gefährtin erwarten. Aber während die Ärzte ihn untersuchen, werden Sie mir alles erzählen, was Sie über diese Situation wissen. Wenn Sie an seiner Seite bleiben, werden Sie ihnen nur im Weg sein und die Behandlung verzögern. Eine schlaue Frau wie Sie weiß es besser."

Der Stahl in Rhydians Stimme brachte Jane dazu, nicken zu wollen, aber als sie die späten Stoppeln auf Kais Wange streichelte, fand sie die Kraft zu sagen: „Ich werde so viel erzählen, wie ich ohne die Erlaubnis meines Clanführers erzählen kann."

Rhydian lächelte. „Braves Mädchen. Sie mögen ja ein Mensch sein, aber Sie scheinen unsere Art und Weise größtenteils zu verstehen."

Sie hätte fast geknurrt, dass sie kein Mädchen sei, biss sich aber auf die Wange, um zu schweigen. Bestimmte Schlachten lohnten sich nicht.

Ein Mann in einem weißen Laborkittel, der ihn als Clanarzt auszeichnete, kam herbeigeeilt. Zwei andere Männer mit einer Trage folgten ihm. Der Arzt sagte: „Ich verstehe die Sorge um Ihren Gefährten, aber wir müssen ihn so schnell wie möglich auf die Station bringen. Bitte treten Sie beiseite."

Jane zog sich widerwillig zurück und sah zu, wie die drei Männer Kai auf die Trage manövrierten. Obwohl alle Drachenwandler von Natur aus stärker waren als Menschen, mussten die beiden Männer mit der Trage zwischen sich vor Anstrengung grunzen, um ihren muskulösen Gefährten wegzutragen.

Rhydian bedeutete ihr, vorauszugehen. Sie sollte etwas Diplomatisches sagen, aber alles, was ihr wichtig war, war Kais Wohlbefinden, und sie rannte halb, um mit dem Drachenarzt Schritt zu halten.

Sie trugen ihn weg vom Landeplatz und zu einem anderen Eingang, den Jane vorher nicht bemerkt hatte. Drinnen war eine große Höhle mit medizinischen Apparaten. Ein großer Drache schlief auf der anderen Seite.

Sie hatte kaum die seltene weiße Haut des schlafenden Tieres bemerkt, als sie dem Personal in ein Zimmer folgte.

Der Doktor bedeutete Jane, Abstand zu halten. „Lassen Sie mich meinen Job machen."

Jane verschränkte die Arme und sah zu, wie der Arzt seine Untersuchung begann. Rhydians Stimme füllte ihr Ohr. „Nach allem, was ich über Kai weiß, wird es ihm gut gehen. Er gehört vielleicht nicht zu meinem Clan, aber Lily ist ein wichtiger Teil von Snowridge, und ich werde alles tun, um ihr zu helfen. Sie hat meinem Cousin Glück geschenkt, und ich hätte nie gedacht, dass er es haben würde."

Sie blickte auf Snowridges Anführer. Aufrichtigkeit leuchtete in seinen Augen. „Sprechen Sie von Lilys Gefährten, Gareth? Er ist Ihr Cousine?"

„Ja. Und jetzt erzählen Sie mir so viel wie möglich über all das und Ihre Vermutungen, was seinen Zustand ausgelöst hat."

Jane sah zu Kai und beobachtete, wie das medizinische Personal arbeitete, während sie antwortete: „Alle britischen und irischen Drachenclans wissen von den Drohnenangriffen auf Stonefire, was bedeutet, dass Sie das auch sollten."

„Ja, die Drohnen, die Drogen in Drachen geschossen haben, die sie wild machen."

Jane antwortete: „Zum größten Teil. Die Drachenhälften übernahmen und kehrten zu ihrem tierischen Instinkt zurück. Trahern hat sich an einen Arzt hier gewandt, um ein mögliches Heilmittel zu finden. Eine Art Moos, das man in Wales findet."

Dr. Trahern Lewis war ein Snowridge-Arzt, der Anfang des Jahres nach Stonefire gezogen war.

Als Rhydian grunzte, sie solle weiterreden, tat sie es. „Carys hat einen starken chemischen Geruch aus der Scheune erwähnt, die sie gerade untersucht haben. Kai hat einen Kratzer am Arm, und obwohl es nur eine Vermutung ist, könnte es sein, dass dieselbe oder eine ähnliche Chemikalie über den Kratzer in seinen Blutkreislauf gelangt ist." Sie warf Rhydian einen Blick zu. „Ich bin mir nicht sicher, ob Sie meine Frage beantworten können, aber haben Ihre Beschützer irgendwas gefunden, das mit den Drohnenangriffen oder Drachen zusammenhängt, die hier wild herumlaufen?"

„Wir wurden noch nie so angegriffen, so viel kann ich Ihnen sagen", sagte Rhydian.

„Ich werde nicht versuchen, Ihnen irgendwas zu befehlen, Sir, da ich Ihre Rolle als Clanführer respektiere, aber ich denke, dass mehr Beschützer geschickt werden sollten, um das Gebiet zu untersuchen."

Rhydian lächelte. „Sie sind anders als jede menschliche Frau, die ich je getroffen habe. Haben Sie keine Angst, Ihre Grenzen zu überschreiten und Streit zwischen unseren Clans zu verursachen?"

„Wenn Sie lächeln, dann nein, ich glaube, es geht mir gut."

Der Drachenmann schnaubte. „Sie sind definitiv ein seltsamer Mensch." Sie knurrte, und er hob eine Hand. „Weitere Beschützer sind bereits unterwegs. Wenn etwas Ihren Gefährten so leicht zu Boden bringen kann, schätze ich, dass an der Farm mehr ist als nur der Geruch nach Chemikalien. Jemand will meinem Clan schaden, und ich werde das nicht zulassen."

„Und wie wär's damit, Dr. Sid in Stonefire zu kontaktieren?"

Seufzend erwiderte Rhydian: „Lassen Sie uns

zuerst hören, was unser Arzt zu sagen hat. Immerhin weiß er von dem Moos und der daraus resultierenden Verbindung, die in Stonefire verwendet wurde. Trahern mag jetzt in Stonefire sein, aber er teilt immer noch medizinisches Wissen mit unserem Clan. Hat was mit dem ehrgeizigen, weltumfassenden Plan Ihrer Dr. Sid zu tun." Er richtete den Blick auf den Rücken des Arztes. „Maelon, was habt ihr gefunden?"

Der Arzt drehte sich um. „Abgesehen von dem Kratzer am Arm und einem leicht unregelmäßigen Herzschlag ist alles andere normal. Ich werde sein Blut testen und es mit Traherns Daten vergleichen. In der Zwischenzeit lasse ich zu, dass die Wirkung des Beruhigungsmittels nachlässt, damit ich seine Reaktion sehen kann. Wenn Kai gewalttätig aufwacht, werde ich ihn wieder betäuben. Wenn du zwei Beschützer in seinem Zimmer postieren könntest, falls er seine Fesseln bricht, wäre ich dankbar dafür."

Jane äußerte sich vor Rhydian. „Sie werden ihn fesseln?"

Maelon wandte den Blick zu ihr. „Soweit ich gehört habe, hat Stonefire das Gleiche mit denen gemacht, die die Pfeile der Drohnen abbekommen haben."

„Tut mir leid, Sie haben recht." Jane starrte Kais unbeweglichen Körper an. „Aber ich möchte bei ihm bleiben."

Rhydian meldete sich zu Wort. „Sie können hier nichts tun, Miss Hartley. Gehen Sie zurück zu Lilys Haus und ruhen Sie sich aus. Möglicherweise benötigen wir weiterhin Ihre Hilfe bei der Suche nach Delia."

„Ich kann von hier aus genauso helfen."

Maelon lachte leise. „Rhydian, glaub mir, Gefährten nehmen in solchen Situationen selten den Rat an, sich auszuruhen, auch wenn sie es sollten."

Jane schaffte es, den Blick von Kai abzuwenden. „Selbst ich weiß das, Doktor ...?"

Maelon streckte eine Hand aus. „Ich bin Dr. Maelon Perry, Snowridges Chefarzt."

Jane schüttelte seine Hand und platzte heraus: „Sie scheinen jung zu sein, um Chefarzt zu sein."

Der dunkelhaarige, braunäugige Arzt lächelte. „Wenn Sie auf meine Anweisungen hören, dann werde ich Ihnen vielleicht das Warum dahinter erklären."

Obwohl Jane Maelon gerade erst kennengelernt hatte, vermittelte seine Anwesenheit Ruhe. Die meisten Ärzte schienen diese Fähigkeit zu haben. Sie ließ endlich seine Hand los. „Betrachten Sie es als einen Deal, Dr. Perry."

„Gut. Dann lassen Sie die Schwestern Kai zu Ende anbinden, und danach können Sie an seiner Seite sitzen. Aber ich werde auch ein provisorisches Bett für Sie hier reinstellen. Versprechen Sie mir, es zu benutzen, wenn Sie müde werden."

Bei dem Stahl in der Stimme des Arztes sagte sie: „Das werde ich."

„Gut, dann bereiten wir alles vor. Sobald ich die Blutwerte habe, lasse ich euch beide wissen, was ich finde."

Jane wandte sich Rhydian zu. „Ich möchte auch wissen, was Sie auf der Farm finden." Rhydian hob eine Augenbraue, und Jane fügte hinzu: „Bitte."

„Sie mögen mich amüsieren, Miss Hartley, aber nur bis zu einem bestimmten Punkt, dann werde ich Sie ermahnen. Schließlich sind Sie Gast in meinem Clan. Verstanden?"

Da sie nicht riskieren durfte, den Clanführer zu verärgern, sagte sie: „Ja."

„Dann bleiben Sie hier, und ich werde Ihnen über Ihr Handy mitteilen, was ich kann. Entschuldigen Sie mich jetzt bitte, ich muss mich um verschiedene Angelegenheiten kümmern. Ihr Clan-Anführer wartet auf Details von mir."

Als Snowridges Anführer den Raum verließ, gab Dr. Perry seinen Krankenschwestern einige letzte Anweisungen, bevor auch er ging. Jane musste sich zusammenreißen, um im Hintergrund zu bleiben und zuzusehen, wie die Schwestern Kai Blut entnahmen und ihn fixierten.

In der Sekunde, als sie fertig waren, stand sie am Bett und streichelte sanft seine Stirn. „Was auch immer passiert, ich werde hier sein, Kai. Wenn es dir wieder gut geht, wirst du endlich merken, dass es nichts gibt, was ich nicht tun würde, um an deiner Seite zu bleiben. Ich liebe dich."

Sie beugte sich hinunter, küsste seine Lippen und setzte sich in den Sessel neben dem Bett, um das zu tun, was sie am meisten hasste: warten und sehen, was passierte.

Kapitel Sieben

J ane stand auf dem Rücken eines fliegenden Drachen, während der durch die regenbogen-farbenen Wolken segelte. Trotz ihrer weit ausgebreiteten Arme war der Wind nur ein weiches Flüstern gegen ihre Haut.

Zum ersten Mal begann sie zu verstehen, warum Kai das Fliegen so liebte.

Doch bevor sie das Gefühl noch länger genießen konnte, drang ein Brüllen in ihren Traum, und ihre Augen öffneten sich.

Kai schlug in seinen Fesseln auf dem Bett um sich. Und wenn das nicht schon schlimm genug war, beugte sich ein Gesicht, das sie nicht sehen wollte, über ihn.

Maggie Jones sah Kai sehnsüchtig an.

Jane sprang auf die Füße, aber ein Paar musku-löser Arme schlossen sich von hinten um sie. Sie versuchte, den Kopf zurückzuwerfen, um Kontakt mit der Nase ihres Angreifers aufzunehmen, aber er wich problemlos aus. Sie spie: „Lass mich los!"

Maggie lächelte Jane an. „In den nächsten zehn Minuten bist du machtlos, Jane Hartley. Ich hoffe, du genießt die Show."

Sie erinnerte sich vage daran, dass Maggie einen Cousin hatte, der Beschützer war. Der Bastard musste die zweite Wache weggeschickt haben.

Maggie wandte ihre Aufmerksamkeit wieder Kai zu, der sich noch mehr gegen seine Fesseln wehrte.

Seine Pupillen waren geschlitzt, was bedeutete, dass sein Drache noch das Sagen hatte. Und angesichts seiner ruckartigen, unregelmäßigen Bewegungen war sein Tier nicht recht bei Sinnen.

Als Maggie ihren Kopf zu Kais Lippen senkte, hörte Jane auf zu atmen. „Nein."

Die Drachenfrau ignorierte sie, um Kai zu sagen: „Das hätte ich schon lange tun sollen. Ich bin endlich bereit, dir das Glück zu bringen, das du verdienst, mit jemandem, der dich ganz versteht."

Maggie näherte sich Kais Lippen, und Jane versuchte erneut, den Kopf dessen zu schlagen, der sie zurückhielt. Als das fehlschlug, trat sie mit ihrer Ferse auf seinen Fuß.

Aber der Drachenmann grunzte nur und hielt sie noch fester.

Die Schlampe versuchte, ihren Gefährten zu stehlen, und Jane war machtlos, etwas zu tun.

Als Maggie den Kopf hob, hielt Jane den Atem an und hoffte mit allem, was sie hatte, dass Kais

Drache ehrlich gewesen war, als er gesagt hatte, Jane sei alles, was sie brauchten.

Denn wenn Maggie Jones einen Gefährtenrausch auslöste und ihr Kai nahm, würde Jane im Inneren ein wenig sterben. Der Gefährtenrausch führte immer zu einer Schwangerschaft, was bedeutete, dass Kai ein Kind haben würde. Sein Pflichtgefühl würde es mit Maggie durchziehen wollen.

Zum ersten Mal fragte sie sich, ob sie ein Narr gewesen war, weil sie versucht hatte, das Herz eines Drachenmanns zu gewinnen, während das Schicksal befunden hatte, dass eine andere seine beste Chance auf Glück sei.

Aber sie verdrängte diesen Zweifel schnell. Kai war ihr Drachenmann. Sie musste glauben, dass seine Liebe zu ihr stärker war als der Instinkt eines Drachen.

Kai kam innerhalb des mentalen Gefängnisses zu Bewusstsein. Sein Kopf war nebelig, und er konnte kaum die Gestalt seines Drachen erkennen.

Weibliche Stimmen drifteten durch den Raum, aber er konnte zuerst nicht verstehen, was sie sagten. Dann erklang ganz deutlich eine Stimme, die er seit über einem Jahrzehnt nicht gehört hatte. „Das hätte ich schon lange tun sollen. Ich bin endlich bereit, dir das Glück zu bringen, das du verdienst, mit jemandem, der dich ganz versteht."

Die Verwirrung setzte ein. Warum sollte Maggie das zu ihm sagen?

Sein Bewusstsein kehrte vollständig zurück, als fremde Lippen seine berührten.

Brüllend schlug sein Tier wild um sich. Die Drogen mussten schwere Auswirkungen auf seinen Drachen haben, da er nicht sprach, sondern nur tobte und schrie und versuchte, sich von den Fesseln um Arme, Mitte und Beine zu befreien.

Kai war nicht sicher, ob sein Drache ihn hören würde, und rief: *Sie ist nicht für uns! Denk an Jane!*

Wie auf Stichwort erreichte Janes Stimme seine Ohren. „Kai! Wenn du mich hören kannst, hilf!"

Das Verlangen, eine Frau zu beanspruchen, traf ihn mit voller Wucht. Aber er hoffte verdammt nochmal, dass es nicht für Maggie war. *Wir lieben Jane.*

Sein Drache ignorierte ihn immer noch und brüllte, als er endlich die Fesseln um ihren Oberkörper brach. Den Bruchteil einer Sekunde später streckte er eine Kralle aus und zerriss auch diejenigen an Taille und Beinen. Er sprang auf dem Bett in die Hocke, zischte und sah Maggie an.

Mist! Kai schlug gegen sein unsichtbares Gefängnis. Er konnte nicht zulassen, dass das Schicksal sein Leben ruinierte und ihm auch noch die andere Hälfte seines Herzens raubte.

Dann verlagerte sein Tier den Blick auf Jane, die von hinten von einem männlichen Drachenwandler festgehalten wurde.

Sein Drache sprach endlich in ihrem Kopf, *Er stirbt.*

Als er sich auf den Mann stürzte, schlug Kai einmal, zweimal gegen die Mauer seines mentalen Gefängnisses, und beim dritten Mal brach sie. Er konnte nicht zulassen, dass sein Tier irgendjemanden tötete, sonst würde er Jane nie wieder in den Armen halten.

Während sein Drache noch die Kontrolle hatte, schlug ihre menschliche Gestalt dem männlichen Drachenwandler auf die Nase und zog Jane weg, bis sie hinter ihnen stand. Sein Tier schlug erneut auf den Mann ein, und er fiel zu Boden. Mit einem Knurren machte er sich daran, den Mann festzuhalten.

Trotz der Wirkung der Droge und des rasenden Zustands seines Tiers nutzte Kai jedes bisschen seiner Disziplin, um langsam einen mentalen Käfig für seinen Drachen zu erschaffen. Es war schwer, das Geräusch seiner Faust gegen den Kiefer des anderen Mannes zu ignorieren, aber er schaffte es irgendwie.

Seine Zukunft mit Jane hing davon ab.

Schließlich stürzte er sich in seinem Kopf auf sein Tier und kämpfte mit ihm. In ihrer physischen Gestalt hätte der Drache leicht gewonnen. In ihrem Gehirn waren sie jedoch gleich groß.

Sie rollten, und Kai schaffte es, sie in Richtung Käfig zu lenken. Als Jane schrie: „Was zum Teufel?", warf er seinen Drachen hinein und verriegelte schnell die Öffnung.

Sobald Kai die Kontrolle über seinen menschlichen Körper zurück hatte, sah er Maggie, die Jane eine Kralle an den Hals hielt.

Er hatte keine Zeit, sich zu fragen, wo das schüchterne Mädchen seiner jüngeren Jahre hin war. „Maggie, was tust du denn?"

„Menschen sind schwach. Sie wird brechen, Kai. Ich werde dir den späteren Schmerz ersparen und es einfach jetzt beenden."

Während Maggies Pupillen von Schlitzen zu Kreisen und zurück blitzten, blieb Kai dort, wo er stand. Kai mochte sein Tier wegen seiner militärischen Disziplin kontrollieren können, aber Maggie fehlte das.

Und als sie etwas fester gegen Janes Hals drückte, rann ein kleiner Tropfen Blut über ihre Haut.

Sein Drache warf sich gegen den Käfig und noch einmal. Wenn Kai Maggie nicht von Jane weglockte, würde sein Drache sich befreien, und Maggie würde seine Gefährtin töten, bevor er irgendwas tun konnte.

Sosehr die Vorstellung, Maggie zu wollen, ihn zurückschrecken ließ, musste er sie austricksen. Er war vielleicht kein so guter Schauspieler wie Jane, aber wenn Maggie sich davon überzeugt hatte, dass es ihn in ihre Arme bringen würde, wenn sie Jane tötete, würde sie wahrscheinlich alles glauben, was sie hören wollte.

Kai streckte eine Hand aus. „Jemanden zu töten,

auch wenn es nur ein Mensch ist, bedeutet, dass wir getrennt sind, Maggie, Liebes. Lass sie los und nimm meine Hand. Dann können wir gehen, wohin du willst, und zusammen sein."

Kai musste sich zusammenreißen, um den Blick auf Maggie zu halten und nicht zu Jane zu sehen. Er hoffte nur, seine clevere Gefährtin verstand, was er tat.

„Dann küss mich, um es zu beweisen, Kai. Wenn ich glaube, dass du mich wirklich willst, werde ich den Menschen loslassen und mit dir fliehen. Täuschst du mich, stirbt sie."

Er nickte. Um Janes Leben zu schützen, würde Kai so tun, als wollte er Maggie.

Kai ignorierte das Brüllen seines Drachen, weil er jemand anderen als seine Gefährtin küssen würde, und näherte sich langsam. Aus dem Augenwinkel sah Kai Janes Gesicht. Sie runzelte die Stirn und presste die Lippen fest aufeinander, aber sie spielte es nur – ihr fehlte das übliche Feuer in den Augen, das ihre Wut bezeugt hätte.

Doch als er sich Maggie näherte, rief der Gedanke, die Frau zu küssen, die ihm vor all den Jahren das Herz gebrochen hatte, in ihm den Wunsch hervor, sich in die entgegengesetzte Richtung zu drehen, zu ihrem Anführer zu rennen und sie zu melden. Er würde nicht sein oder Janes Leben ruinieren, indem er sie schlug. Nein, sie hatte es verdient, ins Gefängnis zu gehen und zu wissen, dass sie sich selbst dort hingebracht hatte.

Doch zuerst musste Jane sicher und gesund sein.

Er blieb ein paar Zentimeter vor Maggie stehen und gab sich Mühe zu lächeln. Er streichelte sanft ihre Wange. „Hallo, Maggie."

„Küss mich, Kai. Mein Gefährte lebt nicht mehr, nichts steht uns im Weg."

Außer Jane. Doch den Gedanken behielt er für sich.

Er trat näher. „Gar nichts."

„Beweise es. Zeig mir, wie sehr du mich willst."

Innerlich bat er Jane um Vergebung, als er näher kam und Maggies Lippen mit seinen berührte

Das Gefühl ihrer Haut an ihm tat nichts anderes, als ihn dazu zu bringen, weggehen und sich ihren Geschmack abwischen zu wollen. Sie schmeckte wie fauler Fisch, verglichen mit dem süßen Honig seiner schönen Jane.

Dennoch musste er Maggie überzeugen, also kostete er ihre Lippen mit der Zunge und drang in ihren Mund ein. Als sie seine Zunge mit ihrer streichelte, wollte er würgen.

Denk an Jane. Sie von Maggie wegzubringen, war alles, was wichtig war und jeden Preis wert.

Obwohl es gegen jeden ehrenhaften Instinkt ging, der ihm sagte, er solle seiner Gefährtin gegenüber treu bleiben, schlang Kai einen Arm um Maggies Taille. Er küsste sie einige weitere Sekunden, bevor er sich zurückzog. Er tat sein Bestes, um seine Stimme rau klingen zu lassen, als er fragte: „Wie war das?"

„Ein guter Anfang. Aber ich muss sicher sein."

Bevor er mehr als nur blinzeln konnte, zog Maggie ihre Kralle an Janes Schulter und stieß sie hinein.

Er bemerkte kaum Janes Schrei, als er Maggies Handgelenk packte und langsam die Kralle herauszog. In der Sekunde, in der sie draußen war, sackte Jane zu Boden. Kai warf Maggie schnell auf den Bauch und hielt ihr die Hände hinter dem Rücken fest.

Ein Teil von ihm wollte Maggie anschreien, aber er sah zu Jane, die sich die Hand an die Schulter hielt.

Da war so viel Blut.

Kai schrie: „Schwester, Hilfe!"

Aber niemand kam. Seltsam, da Drachenwandler-Schwestern immer nach Ärger auf der Station lauschten.

Kai griff nach einem der Gurte am Bett neben sich und riss ihn ab. Schnell fesselte er Maggies Hände, um ein paar Minuten zu gewinnen, bevor sie zu wandeln versuchte, und trat an Janes Seite. „Das wird wehtun, Liebes, aber ich muss dich hier rausbringen und einen Arzt finden."

Sie hielt den Atem an. „Dann mach es."

So vorsichtig er konnte, hob Kai Jane hoch und hielt sie an seine Brust. Da er keinen weiteren Moment verschwenden wollte, ging er zur Tür, trat sie auf und brachte Jane in den Flur.

Als er in Richtung des Empfangsbereichs rannte,

erwartete er, einer der Krankenschwestern oder Dr. Perry zu begegnen. Doch er sah niemanden, auch nicht, als er den Empfangsbereich erreichte.

Etwas stimmte nicht.

Er riskierte einen kurzen Blick auf Jane. Ihre Haut war so blass, dass es ihm den Magen umdrehte. Wenn er keinen sicheren Ort fand, an dem er seine Feldarztausbildung nutzen konnte, um die Blutung zu stoppen, würde sie sterben.

Er rannte den Vordereingang der Krankenstation hinaus, lief den Flur hinunter und suchte nach einer offenen Tür.

Der pochende Schmerz in Janes Schulter ließ sie beinahe vergessen, dass Kai Maggie geküsst hatte.

Beinahe.

Sie wusste, er hatte es getan, um sie zu retten. Maggie mochte Kais Körpersprache vielleicht nicht verstehen, aber er hatte eine seiner Fäuste geballt, als er Maggie küsste. Im Vergleich zu den Küssen, die er Jane gab, waren seine Handlungen hölzern gewesen.

Jane war nicht anfällig für Kleinlichkeit oder Hysterie, aber wenn Maggie jemals wieder vor ihr auftauchte, würde sie es riskieren und die Schlampe erledigen.

Kai ging um eine Ecke, und die Bewegung riss an ihrer Schulter. Jane zischte, als der Schmerz durch ihren Körper schoss.

„Halt noch ein bisschen länger durch, Liebes. Ich muss nur Abstand zwischen uns und die Krankenstation bringen, damit wir wirklich in Sicherheit sind", sagte Kai.

Sie wollte gerade schon sagen, dass sie es verstand, als er plötzlich stehenblieb. Sie biss sich auf die Lippe und drehte ihr Gesicht zu Kais Brust, um nicht zu schreien.

Erst als Kai sie eine Minute später auf etwas Weiches legte, bemerkte Jane, dass sie ihre Augen geschlossen hatte. Sie versuchte, sie zu öffnen, aber sie waren ungewöhnlich schwer.

Kai sagte: „Eine Sekunde, und ich helfe dir, Liebes. Ich muss nur die Tür verstärken und ein paar Hilfsmittel holen."

Den kurzen Moment, in dem seine Hitze von ihrer Seite verschwand, zitterte Jane. Als sie es endlich schaffte, die Augen zu öffnen, war Kai wieder neben ihr. „Ich muss deine Schulter untersuchen und sehen, ob ich die Blutung stoppen kann. Ich werde nicht lügen, es wird wehtun. Bist du bereit?"

Sie nickte und wappnete sich für das, was kommen sollte.

Kai riss die Reste ihres Oberteils auf, um die Wunde freizulegen. Jane sah hinunter und ihre vorige Mahlzeit drohte hochzukommen.

Auch wenn sie etwas Blut gut sehen konnte, hatte sie eine klaffende Wunde mit mehr freiliegendem Gewebe, als sie sehen wollte. Kein Wunder, dass sie kurz davor war, das Bewusstsein zu verlieren. „Werde ich sterben?"

„Auf keinen verdammten Fall lasse ich das zu." Er nahm ein paar Handtücher mit, als er in ein kleines Zimmer neben dem rannte, was vermutlich eine Toilette war, und kam mit nassen Handtüchern zurück.

Er tupfte um ihre Wunde, und ihre Sicht verschwamm. „Kai, ich werde ohnmächtig."

„Bleib bei mir, solange du kannst, Janey."

„Ich ..." Schwindel ließ den Raum schwanken. „Ich liebe dich, Kai. Ich hoffe, du weißt das."

„Wage es ja nicht, dich von mir zu verabschieden, Jane Hartley."

Jemand klopfte an die Tür.

Kai presste ein trockenes Handtuch gegen ihre Wunde, und sie schrie. Er murmelte Entschuldigungen, während er schnell ein weiteres Stück Stoff darum band.

Das Klopfen wurde lauter. Kai strich sanft über ihre Wange, bevor er flüsterte: „Bleib noch ein bisschen länger bei mir, Janey."

Sie wollte sagen, dass sie es versuchte, aber es wurde schwieriger, die Augen offenzuhalten.

Mit einem Fluch rief Kai: „Wer ist da?"

„Rhydian Griffiths. Mach die verdammte Tür auf, Kai Sutherland! Das ist ein Befehl."

Als Kai zur Tür ging, versuchte Jane, eine Hand auszustrecken, um ihn aufzuhalten. Sie konnte jedoch nicht mehr tun, als Kais Rücken zu sehen, bevor die Welt dunkel wurde.

Jane zu verlassen, um die Tür zu öffnen, war das Schwierigste, was Kai seit Jahren getan hatte. Aber wenn es jemanden gab, der ihm und seiner Gefährtin helfen konnte, dann war es Snowridges Clan-Anführer.

Kai schob seine provisorische Barrikade beiseite und riss die Tür auf. Sobald sie geöffnet war, rannte er zurück an Janes Seite.

Sie war bewusstlos.

Fuck! Er blickte über seine Schulter, aber er sah keine der Ärzte oder Krankenschwestern, die er kannte. „Jane braucht sofort ärztliche Hilfe. Ich habe die Blutung verlangsamt, aber sie muss vielleicht operiert werden."

„Alle diensthabenden medizinischen Mitarbeiter sind bewusstlos. Ich muss wissen, was da passiert ist, Kai."

Er berührte Janes Wange und bewegte langsam seine Finger zu ihrer Halsschlagader. Ihr Herzschlag war stabil, aber langsamer, als ihm gefiel. Er antwortete schließlich: „Ich weiß, dass ihr mindestens einen Arzt im Ruhestand habt. Hol ihn, und ich rede."

Rhydian signalisierte einem seiner Beschützer, der ein Handy rausnahm und in den Flur ging. „Dr.

Hughes wird in Kürze da sein. Jetzt fang an zu reden."

Kai nahm seinen Blick nicht von Jane, als er antwortete: „Ich bin aufgewacht, als Maggie Jones mich küsste und die Hölle losbrach." Kai ging die Ereignisse durch, bevor er fragte: „Wie ist das passiert, Rhydian? Ich habe dir vertraut, und jetzt könnte meine Gefährtin sterben."

„Nicht jeder heißt Menschen so willkommen wie du, Kai. Ich habe aus Notwendigkeit gelernt, sie zu tolerieren, aber es gibt hier keine Menschenopfer, und es gab auch lange keine. Ich vermute, dass die Kinder entführt wurden und jeder den menschlichen Drachenjägern die Schuld gab, hat für die wenigen Extremisten hier das Fass zum Überlaufen gebracht." Er hielt inne, und seine Stimme war leise, als er sagte: „In Wahrheit hatte ich es schwer genug, die Reihen mit neuen Beschützern zu füllen, nach dem, was mit Gwendolen Price passiert ist."

Während ihrer Zeit bei der britischen Armee hatte sich Gwendolen Price in einen menschlichen Soldaten verliebt, war schwanger geworden, und als sie während einer Mission verletzt wurde, hatte sich ihr menschlicher Geliebter geopfert, um sie zu retten. Kurz darauf war sie entlassen worden und hatte ihre Zeit in Snowridge damit verbracht, ihre halb menschliche Tochter großzuziehen.

Rhydian fügte hinzu: „Die Senkung der Standards hat letztlich zu Korruption geführt, wie etwa bei Maggies Cousin. Da meine vertrauenswürdigsten

Beschützer nach deiner Schwester und den vermissten Kindern suchen, sind nur noch die weniger zuverlässigen hier. Ich übernehme die volle Verantwortung für das Chaos."

Kai beobachtete das Heben und Senken von Janes Brust. Es gab so viel, was er fragen wollte, aber die Gesundheit seiner Gefährtin war für ihn im Moment das Wichtigste. „Sobald Jane außer Gefahr ist, werden wir ein viel längeres Gespräch führen, Rhydian. Bis dahin schlage ich vor, dass du die Reihen deiner Beschützer aufräumst."

„Das wird bereits erledigt. Sei versichert, dass Maggie Jones wegen ihrer Übertretungen vor Gericht gestellt wird."

Bei der Erwähnung von Maggie brüllte sein Drache und begann erneut zu schlagen. Kai durfte nicht riskieren, dass sein Tier die Kontrolle übernahm, also verstärkte er langsam den mentalen Käfig. Als er damit fertig war, platzte Dr. Arwel Hughes – der pensionierte Arzt, der Stonefire geholfen hatte, ein Heilmittel für die Drachendroge zu finden – mit einer Tasche in der Hand in den Raum.

Trotz seiner grauen Haare und leicht gebeugten Schultern schob er Kai beiseite und begann, den provisorischen Verband zu entfernen.

„Wenn ich irgendwas tun kann, Doktor, sagen Sie es mir bitte", sagte Kai.

Dr. Hughes wich nicht von seiner Aufgabe ab. „Bleiben Sie mir nur aus dem Weg. Wenn ich was aus meiner Tasche brauche, werde ich es sagen, und Sie können es mir geben."

Kai machte dem Arzt Platz für seine Arbeit. Er wusste nicht, ob Dr. Hughes seit seiner Ausbildung vor Jahrzehnten Erfahrung mit Menschen gehabt hatte. Aber er war immer noch besser als gar kein Arzt.

Anstatt sich um etwas zu sorgen, das er nicht ändern konnte, konzentrierte sich Kai auf Janes Gesicht. Obwohl sie bewusstlos war, würde er jedes bisschen Sturheit, das er besaß, nutzen, um ihr Leben zu ermöglichen.

Denn ein Leben ohne Jane wäre schlimmer als die Hölle. Er hatte es einmal durchgemacht, als Maggie ihn zurückgewiesen hatte, und es überlebt. Aber Kai war sich nicht sicher, ob er es wieder überleben könnte, ohne Jane an seiner Seite.

Kapitel Acht

Fünf Stunden später saß Kai neben Janes Bett auf der Krankenstation, seine Mutter an seiner Seite.

Jane war an verschiedene Geräte angeschlossen, um ihre Vitalparameter zu überwachen, und bekam eine Infusion mit Schmerzmitteln. Der Arzt war zuversichtlich, dass sie es überstehen würde, obwohl Jane in naher Zukunft eine Menge Physiotherapie brauchen würde, um ihre Schulter wieder vollständig oder fast vollständig nutzen zu können.

Wenn Maggie ein paar Zentimeter tiefer getroffen hätte, hätte sie eine Lunge punktiert und Jane wäre vielleicht gestorben.

Bei dem Gedanken zog sich sein Herz zusammen. Trotz ihrer toughen Haltung war sein Mensch zerbrechlich.

Da Kai eine Dosis der speziellen Moosformel

gegeben worden war, um die Wirkung der Droge in seinem System zu beseitigen, war sein Drache in seinem Kopf frei und meldete sich zu Wort. *Aber sie ist nicht gestorben. Jane lebt, Maggie ist in Gewahrsam, und Rhydian gibt sein Bestes aufzuräumen.*

Versuch nicht, mich aufzumuntern, Drache. Ich habe es vermasselt, weil ich Snowridge viel früher vertraut habe, als ich es hätte tun sollen.

Unsinn. Wir waren schon oft hier und haben viele von Snowridges Beschützern kennengelernt. Wir konnten ja nicht ahnen, dass sie uns immer ihre besten Rekruten gezeigt und die Unwürdigen verborgen gehalten haben. Außerdem hat Maggie den Großteil ihres Clans mit ihrer scheuen Art getäuscht. Wenn sie nicht sagen konnten, was sie vorhatte, konnten wir es auf keinen Fall.

Sein Drache hatte recht, aber Kai wollte sein Ego noch nicht streicheln.

Er hatte die letzten Stunden damit verbracht, sich auf Jane zu konzentrieren und sich an Bram zu wenden, aber jetzt, da er einen Moment hatte, fragte er seinen Drachen, *Warum bist du nicht in den Gefährtenrausch gegangen, als Maggie uns geküsst hat?*

Sein Tier schnaubte. *Ich will sie nicht. Das solltest du wissen, aber du hörst mir ja nie zu, wenn es um dieses Thema geht. Die Anziehung wahrer Gefährten lässt mit der Zeit nach. Jane ist unser Mensch und wird immer unsere Gefährtin sein.*

Er hob Janes Hand an die Lippen und küsste ihre warmen Finger. „Wir schaffen das, Janey, das verspreche ich."

Seine Mutter meldete sich zu Wort. „Natürlich werdet ihr das. Du hast Jane ohne Instinkt ausgewählt und dafür gekämpft, sie zu behalten. Ich hoffe nur, dass du jetzt aufhörst, an ihr zu zweifeln und dir Sorgen zu machen, dass sie geht."

Er sah zu seiner Mutter. „Woher weißt du, dass ich überhaupt gezweifelt habe?"

„Du hattest immer eine geheime Seite, mit der du an allem zweifelst. Du versteckst es vor der Welt, aber ich bin deine Mutter. Außerdem hat Jane es mir erzählt. Wenn all das nicht beweist, dass sie bleibt, dann weiß ich nicht, was sonst. Behandle sie gut, Kai, und das Glück wird folgen."

Sein Drache sagte: *Finde ich auch. Behandle sie gut, aber ersticke sie nicht.*

Sagt der überfürsorgliche Drache.

Sein Tier schnaubte nur.

Kai wollte gerade seiner Mutter antworten, als ihr Handy zwitscherte. Sie ging schnell ran. „Hallo?"

Aufgrund von Kais ausgeprägtem Hörsinn konnte er mit Leichtigkeit die Antwort in der Leitung verstehen. „Lily, Wren hier. Wir haben Delia gefunden, und sie lebt."

„Sie lebt?", wiederholte Lily.

„Ja, und bevor du dir Sorgen machst: Sie wird leben. Aber es wird einige Zeit dauern, bis alle Drogen aus ihrem System gespült sind."

Kai knurrte, beugte sich zum Handy seiner Mutter und bellte: „Anstatt uns stückchenweise Informationen vor die Nase zu halten, sag uns einfach, was los ist."

Lily drückte eine Taste, und das Handy schaltete auf Lautsprecher. Wrens Stimme füllte den Raum. „Ich kann nicht viel über eine ungesicherte Leitung sagen, aber wir werden innerhalb einer Stunde wieder in Snowridge sein. Eira wird euch holen und zu uns bringen. Wir können dann alle Details besprechen."

Da seine Mutter still dasaß, ergriff Kai das Wort. „Was ist mit den vermissten Kindern?"

„Die haben wir auch. Noch einmal: Ich kann nichts anderes sagen, bis ich wieder auf dem Clan-Land bin."

Lily räusperte sich. „Beeil dich, Wren. Ich muss mein Mädchen sehen."

„Natürlich, Lily. Wir kommen so schnell wie möglich zurück."

Die Leitung war tot. Kai legte eine Hand auf die Schulter seiner Mutter. „Sie lebt, Mum. Und das ist alles, was zählt."

Sie nickte. „Ich weiß, aber an der Geschichte ist noch mehr dran, und ich habe Angst vor dem, was es ist."

Er zog seine Mutter an seine Seite und hielt sie. „Wir werden es gemeinsam überstehen, Mum. Nimm noch Jane und Gareth hinzu, die ebenfalls hinter uns stehen, dann können wir es mit allem aufnehmen."

Seine Mum gab ein unterdrücktes Lachen von sich. „Wenigstens bemitleidest du dich nicht mehr. Jane würde das gefallen."

Er starrte auf das schlafende Gesicht seiner Gefährtin. „Ja, das würde es. Obwohl ich glaube, dass sie sauer sein wird, wenn sie aufwacht und den ganzen Aufruhr mit Delias Rückkehr verpasst hat."

„So ungern ich es auch sage, Kai, es ist wahrscheinlich das Beste, dass sie vorerst in diesem Raum bleibt. Rhydian versucht immer noch, die menschenhassenden Extremisten innerhalb des Clans auszusondern."

„Bastarde."

„Dem stimme ich zu, aber Fluchen wird nichts ändern."

Sein Drache meldete sich zu Wort. *Ich bin verdammt noch mal anderer Meinung. Es ist viel einfacher, Wut mit Fluchen loszuwerden.*

Er ignorierte sein Tier und sagte: „Zain und Sebastian sollten jeden Moment aus Stonefire hier sein. Sie werden Jane mit ihrem Leben beschützen. Mehr noch, ich würde beiden die andere Hälfte meines Herzens anvertrauen."

Lily lächelte. „Ich wusste gar nicht, dass du so romantisch bist."

„Wenn es eine Sache gibt, die ich heute gelernt habe, dann, dass Jane mein Leben ist. Es ist nicht romantisch, sondern eine Tatsache, dass ich, wenn sie stirbt, verrückt und möglicherweise bösartig werde."

„Dann müssen wir uns gut um deine Janey kümmern."

Sowohl Mensch als auch Tier stimmten dieser Aussage zu. Als Kai und seine Mutter in eine angenehme Stille fielen, prägte Kai sich jede Linie, jede Sommersprosse und jede Pore in Janes Gesicht ein. Das half ihm, sich zu konzentrieren und seinen Verstand zu beruhigen.

Denn er hatte das Gefühl, dass ihnen noch mehr Scheiße bevorstand, sobald Delia und die anderen in Snowridge ankamen.

Nicht zum ersten Mal bedauerte Rhydian Griffiths, dem Druck der Clan-Mitglieder nachgeben zu müssen, alles Menschliche zu meiden, wenn möglich.

Schon, er hatte seine eigenen Gründe dafür. Denn seine menschliche Geliebte in seiner Jugend zu verteidigen, hatte ihm die Narben im Gesicht eingebracht. Aufgrund seiner Vergangenheit musste er extra hart arbeiten, um zu beweisen, dass ihm die Interessen seines Clans am Herzen lagen und nicht seine eigenen. Den Anführerwettkampf zu gewinnen, war nie genug gewesen.

Sein Drache knurrte. *Ich verstehe immer noch nicht, warum wir unsere Gefühle verbergen müssen.*

Lili hätte uns gehören sollen. Stattdessen haben sie uns eingesperrt und sie aus Wales vertrieben.

Liliwen Rosser hatte Rhydian mit ihren dunklen Augen und Haaren verführt. Dazu ihr Lachen und ihre Lebensfreude, und er hatte überlegt, den Clan zu verlassen, um sie zu beanspruchen.

Doch seine Mutter und sein Vater hatten sich mit seiner Großfamilie zusammengetan, um ihn festzuhalten, die Frau zu bedrohen und sie auseinanderzutreiben. Nur sein Cousin Gareth hatte an seiner Seite gestanden.

Rhydian war damals erst zwanzig gewesen, frisch aus der britischen Army zurück. Er hatte seine Onkel herausgefordert und verloren.

Die Narben in seinem Gesicht erinnerten ihn jeden Tag daran, dass die Vorurteile des Clans nicht über Nacht verschwanden.

Sein Drache meldete sich zu Wort. *Aber es könnte an der Zeit sein, vor allem, wenn wir eine Allianz mit Stonefire bilden. Viele ihrer Menschen haben uns geholfen, sogar hier in Wales.*

Wir werden sehen, Drache. Im Moment müssen wir uns auf Delia und die Kinder konzentrieren und den Clan aufräumen. Sonst schickt Bram nie jemanden zum Austausch, und erst recht wird er nicht seinen Clan in Gefahr bringen, um uns zu helfen.

Dann beeil dich und mach deinen Job. Ich bin es leid, isoliert zu sein und die meiste Zeit in Bergen zu verbringen. Ein Drache sollte frei sein und am Himmel fliegen.

Rhydian widerstand dem Drang, darauf hinzuweisen, dass Snowridge die letzten hundert Jahre in Bergen existiert hatte.

Er erreichte das Landegebiet und entdeckte Eira, Wren und mehrere andere Beschützer am Himmel. Als sie zum Sinkflug ansetzten, bemerkte er ein paar provisorische Körbe, die von Wrens und Eiras Hinterläufen gehalten wurden.

Das mussten Delia und die Kinder sein.

Doch als sich ein weiterer vertrauenswürdiger Beschützer, Delwyn, aus der Mitte der Formation näherte, entdeckte Rhydian noch einen provisorischen Korb. Vielleicht waren es mehr Kinder gewesen als nur die wenigen, die seinen Clanmitgliedern entzogen worden waren.

Jeder Drache legte sorgfältig sein Paket ab, seien es Körbe oder Kisten mit etwas, das vermutlich Chemikalien waren, die sie von der Farm in der Nähe von Dolgellau beschlagnahmt hatten.

Da Maelon und seine Krankenschwestern aufgewacht und für diensttauglich erklärt worden waren, eilten sie auf die Körbe zu. Rhydian folgte ihnen dicht auf den Fersen.

Im Ersten, dem er sich näherte, war Delia Owens. Sie war gefesselt und wand sich, ihre Pupillen geschlitzt.

Es war schwer, seine süße, energiegeladene zweite Cousine so untypisch zu sehen.

Trotzdem erlaubte er Maelon und seinem Team, ihre Arbeit zu erledigen, und ging zu den anderen beiden Körben. In einem sah er die vermissten Kinder von den Farmen, bewusstlos. Rhydian machte einer der Schwestern ein Zeichen. „Hier, Olwenna. Sie brauchen auch Aufmerksamkeit."

Ohne zu zögern, kam die Krankenschwester und begann, die Vitalparameter zu überprüfen.

So gern er auch bleiben und zusehen wollte, aber Rhydian musste die ganze Situation betrachten, also näherte er sich dem dritten Korb. Darin war ein Junge, der etwa fünf oder sechs Jahre alt war. Anders als die anderen war er hellwach und klammerte sich an ein Stoffkaninchen. Rhydian sprach mit leiser Stimme, als er fragte: „Wie heißt du, Kleiner?"

Der Junge hielt sein Kaninchen fester. Vorsichtig darauf bedacht, sich nicht anmerken zu lassen, wie die Geste an seinem Herzen zerrte, versuchte er es erneut. „Ich heiße Rhydian, und trotz der gruseligen Narben in meinem Gesicht möchte ich dir nur helfen, deine Eltern zu finden. Wirst du mir deinen Namen sagen?"

Der Junge schloss die Augen. „Meine Eltern sind weg."

Er mochte keinen Namen haben, aber der Junge sprach mit irischem Akzent, was Rhydian sagte, dass er weit weg von zu Hause war.

„Wenn du mir sagst, was passiert ist, kann ich versuchen, sie zu finden."

Der Junge schüttelte heftig den Kopf. „Sie

werden nicht aufwachen. Ich habe es versucht und versucht. Die gruseligen Menschen sagten, sie seien tot. Mr. Cottontail ist jetzt meine einzige Familie."

Seine Wut flackerte auf, und nur durch jahrelanges Training gelang es Rhydian, sie sich nicht anmerken zu lassen. „Hier bist du sicher, Junge. Das verspreche ich dir." Rhydian streckte eine Hand aus. „Gibst du mir deine Hand? Ich möchte, dass der Arzt dich untersucht."

Der Junge öffnete die Augen und antwortete: „Wirst du dabei sein?"

„Werde ich. Wie heißt du, Kleiner?"

„Rian."

„Nun, Rian, wenn du mit mir kommst und der Arzt dich untersuchen darf, dann finden wir bestimmt ein paar Süßigkeiten für dich."

„Ich darf keine Süßigkeiten essen, es sei denn, es ist ein besonderer Tag."

Er lächelte. „Wir werden eine Ausnahme machen." Er wackelte mit den Fingern. „Gib mir deine Hand, Rian."

Der Junge legte vorsichtig eine Hand in seine. Rhydian half dem Jungen auf die Füße und hob ihn vorsichtig heraus. Mit dem Kind in den Armen machte er sich auf den Weg zu Maelon.

Sein Drache meldete sich zu Wort. *Er muss ein Drachenwandler sein, da er von der Reise hier vollkommen unbeeindruckt ist.*

Ja, aber was macht ein irischer Bursche in den Händen walisischer Drachenjäger?

Ich habe keine Ahnung. Aber wir lassen uns was einfallen.

Du schlägst hoffentlich nicht vor, dass wir uns um ihn kümmern.

Warum nicht? Er braucht Schutz und ist warm mit uns geworden. Ihn wegzuschicken, könnte ihn verstimmen oder traumatisieren.

Bevor Rhydian alle Gründe aufzeigen konnte, warum er keine Zeit hatte, sich um ein Kind zu kümmern, sagte Rian: „Deine Augen blitzen wie Daddys."

Rhydian antwortete mit unbeschwerter Stimme, um den Jungen nicht zu erschrecken. „Und deine Mum auch?"

„Nein. Mum sagte, sie könne sich nicht in einen Drachen verwandeln. Obwohl ich mir an meinem letzten Geburtstag gewünscht habe, sie könnte es." Er sah auf sein Stofftier hinab. „Aber jetzt wird sie es nie."

Die Augen des Jungen wurden feucht. Rhydian sagte schnell: „Hier sind viele Drachen. Wenn du dich beim Arzt gut benimmst, kannst du so viele sehen, wie du willst."

„Darf ich? Ich habe bis jetzt nur Daddys roten Drachen gesehen. Aber er hat mir Geschichten von blauen und grünen und goldenen erzählt. Ich möchte ein goldener Drache sein. Wie ein König."

Wenn der Junge nur gesehen hatte, wie sein Vater sich in einen Drachen verwandelte, bedeutete das wahrscheinlich, dass der Vater des Jungen sich in einen Menschen verliebt und sich versteckt hatte, um bei ihr sein zu können, da Irland es Menschen selten erlaubte, bei den Drachenclans zu leben.

Und angesichts der jüngsten Unruhen in Irland wegen des Todes zweier Clan-Führer und der darauffolgenden Kämpfe um Macht und Kontrolle über diese beiden Clans waren Rians Eltern wahrscheinlich nach Wales geflohen, bis sich die Dinge zu Hause beruhigt hatten.

Aber er könnte später über all das nachdenken. Im Moment lächelte er Rian an. „Dann beeilen wir uns und lassen dich untersuchen. Wie wäre es, wenn du mir unterwegs von Mr. Cottontail erzählst?"

Während der Junge die Geschichte seines Kuscheltiers erklärte, ging Rhydian zügig auf die Krankenstation zu. Die anderen sollte bereits da sein. Sobald er Rian untersuchen ließ, konnte er nach Delia und den anderen Kindern sehen.

Und auch wenn ihm noch viel Arbeit bevorstand, um seinen Clan aufzuräumen und die Regeln richtig durchzusetzen, hatte er jetzt einen weiteren Grund, abgesehen von seiner eigenen Vergangenheit, dafür zu kämpfen, dass Menschen in seinem Clan akzeptiert wurden. Rians Eltern waren nicht die Einzigen, die sich verstecken mussten, um mit der Person zusammen zu sein, die sie liebten. Er kannte ein paar seiner eigenen Clanmitglieder, die dasselbe über die Jahre getan hatten.

Vor all den Jahren war es vielleicht der falsche Zeitpunkt für eine Veränderung gewesen, als er um seine menschlichen Geliebte gekämpft hatte, aber er würde sicherstellen, dass jetzt der richtige war.

Solange Rhydian der Anführer blieb, würde er dafür sorgen, dass sich die Politik seines Clans gegenüber Menschen änderte. In Zukunft wollte er, dass sich seine Clan-Mitglieder aus Liebe paarten, unabhängig davon, ob ihr Partner sich in einen Drachen verwandeln konnte oder nicht.

Kapitel Neun

Kai starrte auf die bewusstlose Gestalt seiner Schwester und gab sein Bestes, sein Verlangen zu zügeln, die Verantwortlichen zu finden und sie dafür bezahlen zu lassen, dass sie ein Kind verletzt hatten.

Sein Drache ergriff das Wort. *Obwohl ich einverstanden bin, braucht der Arzt jetzt unsere Aufmerksamkeit. Das ist der beste Weg, Delia zu helfen.*

Er musste sich zusammenreißen, um sich auf Dr. Perrys Worte zu konzentrieren. „Wir wissen nicht, ob die Drogen, die wir in ihrem System gefunden haben, langfristige Auswirkungen haben werden. Wir haben es aber geschafft, so viel wie möglich rauszuspülen. Und die gute Nachricht ist, dass ihre Vitalparameter jetzt alle normal sind. Sie wird das überstehen."

Kai sah den Arzt an. „Wie lange dauert es, bis die Ergebnisse der Drogentests kommen?"

Dr. Perry antwortete: „Dank Traherns Hilfe in Stonefire sollten wir sie hoffentlich bis morgen haben."

Kais Mutter räusperte sich und berührte die zarte, rosa Haut, die die Konturen von Delias nicht mehr vorhandener Tätowierung auf ihrem Oberarm nachzeichnete. „Es ist mir egal, ob es mitten in der Nacht ist, ruf mich an, sobald du weißt, was los ist, Maelon."

„Natürlich, Lily", antwortete Dr. Perry. „Ich werde auch dafür sorgen, dass eine Krankenschwester dir ein Bett und Decken bringt, da ich weiß, dass du hierbleiben willst, bis deine Tochter aufwacht."

Kais Mutter nickte und nahm Delias Hand in ihre.

Beim Anblick seiner Mutter und seiner Schwester rauschte der Drang, die verantwortlichen Bastarde zu schlagen, durch seinen Körper. Da das MDA jetzt die wenigen Menschen, die Snowridges Beschützer auf der Farm gefangen genommen hatten – die drei Männer von Arabellas Bildern und ein paar andere – in Gewahrsam genommen hatte, war es fast unmöglich, einen von ihnen zu sehen. Alles, was er tun konnte, war, Snowridge weiter zu helfen, die Fakten zusammenzustellen, um herauszufinden, was genau auf dieser Farm passiert war.

Um das zu tun, brauchte er mehr Informationen darüber, was der Arzt bisher entdeckt hatte.

Als Kai den Doktor ansah, deutete er mit dem

Kopf in Richtung Flur. Sobald sie beide dort waren und die Tür zu Delias Zimmer geschlossen war, sagte Kai: „Sagen Sie mir alles, was Sie wissen, auch wenn es an diesem Punkt nur eine Vermutung ist." Als Maelon Perry zögerte, fügte Kai hinzu: „Rhydian hat mir in dieser Angelegenheit bereits die höchste Freigabe erteilt. Aber ich kann nichts tun, wenn die Leute Geheimnisse vor mir bewahren."

Nachdem Maelon überprüft hatte, ob der Flur leer war, sprach er mit leiser Stimme. „Alle Kinder hatten nach vorläufigen Tests die gleichen Drogen in ihrem System. Die entführten Farmkinder wiesen eine höhere Toxizität auf, was bedeutet, dass sie länger exponiert waren. und ich habe keine Ahnung, welche Auswirkungen das auf sie haben wird."

Wenn es so wäre wie die Angriffe auf Stonefire, könnten ihre inneren Drachen abtrünnig werden.

Sein Drache meldete sich zu Wort. *Was ist mit denen, die noch zu jung sind, um mit ihren Drachen zu reden?*

Drachenwandler begannen normalerweise im Alter von sechs oder sieben Jahren, mit ihren inneren Tieren zu sprechen. *Ich weiß es nicht. Hoffen wir, dass ihre Drachen immer noch auftauchen, wenn sie es sollten.*

Ja, sonst wäre das einsam für sie.

Schlimmer noch, Drachenwandler ohne innere Drachen verloren normalerweise den Verstand.

Maelons Stimme unterbrach Kais Gedanken. „Es gibt jedoch bisher einen positiven Aspekt. Das einzige halb menschliche und halb Drachenwandler-Kind hatte die gleichen Drogen in seinem Körper, aber der Junge scheint unbeeinflusst zu sein."

„Bedeutet das, dass die Drogen nur auf reinblütige Drachenwandler eine Wirkung haben?"

„Es ist noch zu früh, um eine endgültige Aussage zu machen, aber es scheint so. Oder zumindest funktioniert es bei Drachenwandlern, die nur einen winzigen Prozentsatz menschlicher Abstammung haben. Nur sehr wenige von uns sind genetisch zu einhundert Prozent Drachenwandler."

Kai grunzte. „Richtig, dann sollten Sie vielleicht herausfinden, an welchem Punkt das Medikament unwirksam wird. Auf diese Weise wissen wir, wer einem höheren Risiko ausgesetzt ist, und können dann entscheiden, wer in künftigen Schlachten oder bei Angriffen am meisten Schutz benötigt."

Maelon hob die Brauen und sagte: „Ich werde so tun, als ob Sie nicht gerade angedeutet hätten, dass ich meinen Job nicht mache. Wir arbeiten bereits daran."

Sein Drache meldete sich zu Wort. *Sei nett zu dem Arzt. Er hilft Jane.*

Kai wollte sich gerade schon für seinen schroffen Tonfall entschuldigen, als einer der Pfleger zu ihnen eilte. „Kai, deine Gefährtin ist endlich wach."

Jane. Ohne ein Wort rannte Kai den Flur hinunter zu ihrem Zimmer. Er warf die Tür auf und sah Jane, wie sie in ihrem Bett saß und stirnrunzelnd auf eine Schüssel Suppe starrte.

Er kam näher, blieb neben ihrem Bett stehen und berührte ihre Wange. „Janey."

Sie lächelte zu ihm auf. „Hallo!"

Er beugte sich hinunter und gab ihr einen zarten Kuss. „Es tut mir so leid, Liebes."

Sie hob die Augenbrauen, drehte langsam den Oberkörper zu ihm und grunzte dabei. „Wofür zum Teufel entschuldigst du dich?"

„Erstens, dass ich Maggie geküsst habe. Und dann ist da noch die Tatsache, dass du verletzt bist, und das ist alles meine Schuld."

Sie neigte den Kopf. „Ich gebe zu, dass ich Maggie schlagen wollte, als du sie geküsst hast, aber ich verstehe, warum du es getan hast. Ohne diesen verdammten Kuss wäre ich vielleicht nicht hier, um dir zu verzeihen."

„Jane, ich —"

„Hör einfach auf, Kai. Die einzige Person, die hier schuld ist, ist Maggie und ihre verzerrte Sicht auf die Welt. Um ehrlich zu sein, bin ich nur froh, dass ihr Kuss nicht zu einem Gefährtenrausch geführt hat. Möchtest du das einem einfachen Menschen erklären?" Er knurrte, und sie lächelte. „Okay, willst du es einem brillanten, erstaunlichen Menschen wie mir erklären?"

Sein Drache meldete sich zu Wort. *Ihr Humor bedeutet, dass es ihr gut geht.*

Er ignorierte sein Tier und antwortete: „Es ist einfach – ich wollte sie nicht."

„Und?"

„Es war zu viel Zeit vergangen. Alles, was ich brauche oder will, bist du, Jane Hartley."

„Ich hoffe, das bedeutet auch, dass du weißt, dass ich bleiben werde. Wenn mich jemand mit einer Kralle durchbohrt und ich dich trotzdem liebe, dann sagt das schon was."

Er blinzelte. „So einfach kann es doch sicherlich nicht sein."

„Warum nicht? Du bist der ehrenhafteste Mann, den ich kenne. Aber wenn du das irgendwann gegen meinen Bruder verwendest, so steh mir bei, werde ich mich rächen."

Er grinste. „Danke für die Idee."

Sie verdrehte die Augen. „Apropos Rafe, weiß er, was passiert ist?"

„Ja. Er war hin- und hergerissen, ob er bei Nikki bleiben oder zu dir kommen sollte. Ich hab' ihm gesagt, er solle in Stonefire bleiben und dass du eine Videokonferenz abhalten würdest, sobald du stark genug bist."

„Ich würde sagen, ich fühle mich gut, wenn man die Umstände bedenkt, aber sagen wir Rafe das noch nicht. Ich muss meine Energie für dieses Gespräch aufsparen."

„Wenn er dich nervt, werde ich ihn herausfordern, sobald ich ihn das nächste Mal sehe."

Sie stieß einen Atem aus. „Verschwende keine Zeit mit Gedanken daran. Bleib einfach eine Weile bei mir und erzähl mir, was passiert ist. Der Pfleger hat etwas davon erwähnt, dass Delia zurück ist, aber dann ist er gegangen, bevor ich weiter fragen konnte."

Er deutete auf die Suppe. „Nur, wenn du mir erlaubst, dich damit zu füttern."

Sie rümpfte die Nase. „Du weißt doch, wie sehr ich Suppe hasse. Eine Mahlzeit sollte nicht flüssig sein."

Er zog einen Stuhl neben Janes Bett und setzte sich. „Du wirst es essen, oder ich werde keine Informationen weitergeben."

Sie schnalzte mit der Zunge. „Weißt du, wenn ich jemand anderes wäre, würde ich mit deiner Schuld spielen, um die Informationen zu bekommen."

Er nahm den Löffel und tauchte ihn in die Suppe. „Aber das bist du nicht und wirst es nicht tun. Jetzt mach auf."

Mit einem Seufzen gehorchte sie und aß etwas Suppe. Kai schüttelte nur den Kopf. „Und du sagst, ich bin ein Baby, wenn ich verletzt bin." Sie öffnete den Mund, um etwas zu erwidern, aber er kam ihr zuvor. „Aber genug davon. Lass mich dir alles erzählen, was ich weiß."

Während Kai über Delia, die Kinder, die Drogen und Maelon Perrys Erkenntnisse erzählte, zwang er Jane langsam, ihre Suppe zu essen. Als er die Zusammenfassung beendet hatte, fügte er hinzu: „Und es gibt noch eine Sache, von der ich nicht sicher bin, ob jemand in Snowridge es weiß."

Neugierde tanzte in ihren Augen. „So? Erzähl!

Ich würde mich ja vorbeugen, aber meine Schulter tut verdammt weh, selbst mit all den Medikamenten, die sie mir verpasst haben."

Besorgnis blitzte auf, aber er verdrängte sie. Die beste Medizin für Jane war, ihr Gehirn aktiv zu halten. In der Sekunde, in der er anfing, Dinge zu verstecken, würde sie auf die verrückte Idee kommen, aus dem Bett zu steigen und auf eigene Faust nach Informationen zu suchen.

„Nun, die Drogen und Delias verschwundenes Tattoo erinnern mich an das, was mit Killian O'Shea passiert ist. Sie haben ihn ohne Erinnerung an sein vergangenes Leben, seinen Drachen gefunden, und auch sein Tattoo war weggelasert."

„Ist es bei Delia auch so?"

„Ich weiß es nicht. Der einzige Unterschied ist, dass die Ärzte in der Lage waren, ihr System durchzuspülen. Wir werden es erst wissen, wenn sie aufwacht."

„Ach, Kai. Ich vertraue darauf, dass sie mit intaktem Gedächtnis aufwacht. Hartnäckigkeit liegt doch immerhin im Blut."

Er nahm ihre Hand. „Das hoffe ich."

Sie drückte sanft seine Finger. „Ich weiß, dass du unbedingt was tun willst, um zu helfen. Ich schaff' das hier, Kai. Geh und unterstütze Snowridges Beschützer."

„Ich kann nicht. Es gibt da noch was, das du nicht weißt." Kai erzählte von der Korruption und Rhydians Säuberungsaktion, bevor er hinzufügte:

„Sebastian und Zain sind bereits hier und helfen ihnen. Dich zu beschützen ist meine oberste Priorität, Janey. Ich gehe nirgendwohin."

Jane versuchte, ihr Gähnen zu unterdrücken, scheiterte jedoch. Er fügte hinzu: „Du musst schlafen, Liebes."

„Ich würde ja was dagegen einwenden, aber ich kann kaum die Augen offenhalten. Wenn auf einen eingestochen wurde, fordert das wirklich seinen Tribut."

„Ich weiß", sagte er sachlich.

„So? Anscheinend gibt es da eine Geschichte, von der ich nichts weiß. Es kann aber nicht schlimmer sein, als das Mal, dass auf dich geschossen wurde."

Er lächelte. „Schlaf, und ich erzähle es dir, wenn du aufwachst – nach einer angemessenen Zeit. Kein zwanzigminütiges Nickerchen erlaubt."

„Meine Güte, da ist aber jemand fordernd."

Er ließ ihre Hand los und verschränkte die Arme vor der Brust. „Ich werde mich von Schwester Ginny inspirieren lassen, wenn es sein muss."

Ginny war die strengste Krankenschwester in Stonefire und kümmerte sich um die meisten Alpha-Patienten.

Jane seufzte. „So sehr ich dich auch gern mit einer Perücke und im Schwesternkostüm sehen würde, aber selbst ich werde zugeben, dass ich den Schlaf brauche. Gib mir einen vorsichtigen Drachenkuschler, und ich werde gehorchen."

Sein Drache meldete sich zu Wort. *Ja, viel Drachenkuscheln.*

Kai ignorierte sein Tier, um Jane so sanft wie möglich zu umarmen, während er seine Wange an ihre schmiegte. „Ich liebe dich, Janey."

„Ich dich auch, Kai."

Nachdem er seine Gefährtin losgelassen hatte, strich er zärtlich über ihre Wange. „Süße Träume, Liebes. Je schneller du gesund wirst, desto schneller kann ich dich nach Hause bringen."

Jane legte sich langsam hin. „Nicht, bis Delia gesund ist."

Er wollte gerade schon etwas einwenden, aber Janes Augen schlossen sich, und sie war innerhalb von Sekunden weg.

Sein Tier sagte: *Ich wusste doch, dass Jane uns vergeben würde.*

Kai grunzte. *Ich frage mich immer noch, wie ich sie verdiene.*

Vielleicht tust du das nicht, aber ich tue es, neckte ihn sein Drache.

Als Kai seinem Tier den Finger zeigte, beobachtete er, wie Janes Brust sich hob und senkte. Ein Teil seiner Welt schien intakt zu bleiben, aber die Frage war, ob es seiner Schwester genauso gehen würde oder nicht.

Rhydian Griffiths starrte Rian auf dem Sofa in seinem Büro an, während der tief und fest schlief. Der Junge hatte nur wenige Minuten nach dem Essen durchgehalten, bevor er eingeschlafen war.

Mit seinen weit ausgebreiteten Armen und dem offenen Mund war es schwer vorstellbar, dass der Junge in letzter Zeit so viel gelitten hatte. Obwohl Rhydian das Gefühl hatte, so ruhig, wie der Junge war, dass er nicht wirklich verstanden hatte, dass seine Eltern nicht zurückkommen würden.

Sein Drache meldete sich zu Wort. *Wir werden uns um ihn kümmern.*

Nur, bis ich einen Verwandten finde. Der Junge hat seine menschliche Tante ein paarmal erwähnt. Sie ist vielleicht seine beste Chance auf ein normales Leben mit jemandem, der ihn will.

Ich will ihn.

Er ist kein Haustier, das wir behalten können, Drache. Rian verdient jemanden, der Kinder versteht und ihn großziehen kann. Ich hingegen kann diesen Clan kaum zusammenhalten.

Das liegt nur daran, dass du meine Vorschläge ignoriert hast. Die alten Wege versanden. Wir müssen wie Stonefire sein.

Er hasste es zuzugeben, dass der verdammte englische Drachen-Clan mit Veränderungen voranging. *Wir müssen eher wie die alten walisischen Clans sein, die den Drachenwandlern in dieser Region der Welt vorausgegangen sind.*

Bis die Menschen, bekannt als die Normannen, kamen und uns jagten.

Sowohl Menschen als auch Drachenwandler waren von der normannischen Eroberung schwer getroffen worden und auch von dem darauffolgenden Bau von Burgen und Festungen, der im 11. Jahrhundert in Wales einsetzte. *Solange die Drachenjäger nicht organisierter und respekteinflößender werden, müssen wir uns keine Sorgen machen, dass jemand anderes unser Land erobert.* Rian drehte sich im Schlaf um und erregte damit Rhydians Aufmerksamkeit. *Es geht nur darum, den Kindern eine bessere Zukunft zu schaffen. Und jetzt lass mich arbeiten.*

Sein Tier zog sich in seinen Hinterkopf zurück.

Rhydian setzte sich an seinen Schreibtisch und rief sein Videokonferenzprogramm auf. Trahern Lewis sollte in den nächsten Minuten mit neuen Informationen über die Drogen anrufen, die bei Delia und den anderen gefunden wurden. Auch wenn er das Gefühl hatte, dass Traherns Bericht nicht positiv sein würde, hatte Rhydian nicht vor, sich mehr Sorgen zu machen, als er musste. Außerdem war die Sorge eine Ablenkung, die er sich im Moment nicht leisten konnte.

Rhydian sah den Stapel Papiere an, den ihm sein vertrauter Beschützer Wren gegeben hatte. Jedes Paket repräsentierte einen Beschützer, von dem Wren glaubte, er sei Snowridge gegenüber nicht so loyal wie sie sich selbst gegenüber. Sie zu ersetzen würde schwierig werden, da jeder Beschützer zwei

Jahre bei der britischen Armee verbringen musste, bevor er in die Beschützerränge eintrat, so wollten es die offiziellen Vereinbarungen mit dem Ministerium für Drachenangelegenheiten.

Er wünschte, es gäbe eine Möglichkeit, den Prozess zu rationalisieren, aber selbst Rhydian verstand den Wert ihrer Zeit in der Armee. Nicht nur wegen der Gelegenheit, mit Menschen zu arbeiten und sie zu verstehen, sondern auch um Taktiken zu lernen, die die Snowridge-Beschützer möglicherweise noch nicht kannten.

Vielleicht musste er nur Brams Angebot annehmen, ihm einige seiner Beschützer zu leihen, und vielleicht sollte er auch ein paar vom schottischen Clan annehmen.

Wäre Rhydian auf der Suche nach Veränderung gewesen, wäre seine Einladung an die englischen und schottischen Drachen, bei seinem Clan zu leben, sicherlich genau das Richtige gewesen.

Aber bevor er das tat, würde er Rians Tante suchen und seinen Entwurf der neuen Charta des Clans fertigstellen. Die Regeln wären nicht mehr vage in Bezug auf Menschen und andere Clans. Es war an der Zeit, seinem Clan die Augen für einen größeren Teil der Welt zu öffnen. Dass sie so abgelegen wohnten, würde sie in der immer kleiner werdenden technologischen Welt nicht mehr schützen.

Gerade als er begann, die Datei des ersten möglichen Unruhestifters zu lesen, meldete sich seine

Videokonferenzapp. Er drückte schnell auf Annehmen, und Traherns braunäugige, schwarzhaarige Gestalt erschien auf dem Bildschirm. Da er den Mann seit seiner Kindheit kannte, verzichtete Rhydian auf Formalitäten. „Welche neuen Informationen hast du?"

Trahern zögerte nicht mit seiner Antwort. „Wir warten immer noch auf ein paar Testergebnisse, aber ich bin fast sicher, dass die Formel, die du zur Verfügung gestellt hast, ungefähr mit dem übereinstimmt, was in Killian O'Sheas Körper gefunden wurde."

„Aber es ist nicht das Gleiche, was bei Dr. Sid und den anderen in Stonefire verwendet wurde?"

„Es ist keine vollkommen andere Zusammensetzung, aber einige Elemente passen eher zu Killians Fall. Ich sollte morgen die genaue chemische Zusammensetzung der Proben haben."

„Ich weiß deine schnelle Arbeit zu schätzen, Trahern, aber ich hoffe, du hast was, das den Kindern helfen kann, die gezielt mit diesen Drogen vollgepumpt wurden."

„Bis ich die genaue chemische Zusammensetzung habe, fühle ich mich nicht wohl dabei, was vorzuschlagen."

Rhydian knurrte: „Dr. Davies, wenn Sie da sind, sagen Sie was."

Das etwas rundliche Gesicht von Dr. Emily Davies kam auf den Bildschirm. Auch wenn sie in der Vergangenheit nie in Snowridge willkommen gewesen war, hatte Rhydian vor Kurzem die Arbeit

des walisischen Menschen in Stonefire kennengelernt. Sie sagte: „Trahern hat recht, wir sollten auf die
Ergebnisse warten.”

„Ich spüre ein ‚aber’, Dr. Davies.”

Man musste der Menschenfrau Respekt dafür
zollen, dass sie sich Zeit nahm, ihre Brille zurechtzu-
rücken, bevor sie etwas sagte. Scheinbar hatte sie sich
an die Dominanz von Drachenwandlern gewöhnt.
„Das Moos, das wir hier bei Dr. Sid und den anderen
verwendet haben, kann nicht schaden. Selbst wenn
es gegen die neue Zusammensetzung wirkungslos ist,
ist es für alle Drachenwandler harmlos.”

„Was ist mit halben Drachenwandlern?”

Dr. Davies beugte sich vor. „Es gab ein halb
menschliches Kind? Warum hat das niemand
erwähnt?” Sie sah zu Trahern. „Wusstest du davon?”

„Ich weiß nur, was in den Aufzeichnungen
steht.” Trahern sah vom Bildschirm weg. „Die Ergebnisse morgen werden ihre Genetik enthüllen.”

Dr. Davies verdrehte die Augen. „Trahern,
manchmal muss ich mich über dich wundern.”

Rhydian spürte, dass das Paar über das kleine
Detail weiter plaudern würde, und bellte: „Noch
was? Ansonsten muss ich mich um meinen Clan
kümmern.”

Dr. Davies richtete sich höher auf. „Das ist erst
einmal alles. Wir werden es Sie wissen lassen, wenn
wir die Ergebnisse haben.”

Der Bildschirm wurde leer, bevor Rhydian auch
nur den Mund öffnen konnte.

Trotz des Rückgrats und Verhaltens des Menschen schwankte Rhydians Wunsch nicht, die Menschenpolitik seines Clans zu ändern. Er schätzte ihre Neigung, ihre Meinung zu äußern. Es war verdammt nochmal um einiges einfacher, als sich mit Traherns langen, unnötig detaillierten Gesprächen zu befassen.

Ein Stöhnen kam aus der Richtung des Sofas. Rhydian bemerkte, dass der Junge im Schlaf die Stirn runzelte und seinen Kopf hin und her drehte.

Erst da bemerkte Rhydian das Stoffkaninchen auf dem Boden. Er eilte zu dem geliebten Mr. Cottontail des Jungen, hob ihn auf und drückte ihn gegen Rians Brust. Sofort umarmte er das Spielzeug und beruhigte sich.

Rhydian zögerte eine Sekunde, bevor er die Haare aus Rians Stirn strich. Der Junge würde nicht ewig in Snowridge bleiben, aber solange er es tat, würde er den Clanführer dazu bringen, noch härter zu arbeiten.

Er ging zu seinem Schreibtisch und begann, die Papiere durchzugehen. Je eher er aufräumte, desto eher konnte er seinen Clan auf den Weg in eine bessere Zukunft führen.

Kapitel Zehn

Einige Tage später lehnte sich Jane gegen Kai, als sie den Flur hinunter zu Delias Zimmer gingen. „Ich wünschte, sie hätten uns mehr erzählt, als nur zu sagen, dass Delia wach ist."

„Wäre es dir lieber gewesen, ich hätte mich am Telefon gestritten, anstatt einfach selbst in ihr Zimmer zu gehen?", fragte Kai.

„Nein. Es ist nur, dass, egal, was jemand sagt, ich mich immer noch ein bisschen verantwortlich fühle."

„Ich würde ja dagegen argumentieren, aber ich glaube nicht, dass du zuhören wirst."

Sie runzelte die Stirn. „Was ist mit deinem Vorsatz passiert, nett zu mir sein zu wollten?"

Einer von Kais Mundwinkeln zuckte nach oben. „Du bist diejenige, die wollte, dass ich aufhöre, dich zu behandeln, als würdest du zerbrechen. Außerdem sagte der Arzt, dass deine Genesung gut verläuft. Die Spritze mit meinem Blut hat deinen Heilungsprozess wirklich beschleunigt."

„Ich würde mich ja bedanken, aber eine Weile hast du versucht, mich dazu zu bringen, einen Opfervertrag zu unterzeichnen."

Kai grinste. „Ich konnte nicht widerstehen, obwohl meine Version des Vertrags ein wenig anders war. Ich habe keine Schwangerschaft gefordert, nur ganz viel Sex, sobald du geheilt bist."

Sie verdrehte die Augen. „Viel versauten Sex, sollte ich hinzufügen."

Sie näherten sich der Tür. „Wenn du nicht vor meiner Mutter und meinem Stiefvater über all die Sex-Paragraphen reden möchtest, die ich hineingeschrieben habe, solltest du das Thema vielleicht vorerst fallen lassen."

Jane streckte die Zunge aus, bevor sie flüsterte: „Dieses Gespräch ist noch nicht beendet."

Kai zwinkerte, und Jane musste unwillkürlich lächeln. Sie nahm jeden einzelnen Moment als Geschenk. Kai hatte seine einst wahre Gefährtin geküsst und wollte sie nicht.

Mehr als das: Er hatte nicht einmal Scherze darüber gemacht, dass er ein Baby im Austausch für sein Blut brauchte.

Jane genügte ihm.

Damit und mit den positiven Reaktionen, die sie für ihre erste Videosequenz bekommen hatte, hoffte

Jane nun, dass es Delia gut ging. Und wenn ja, würde das ihren Tag fast perfekt machen.

Sie betraten das Krankenhauszimmer und fanden Delia aufrecht in ihrem Bett sitzen, mit Lily und Gareth auf der einen und Rhydian und Dr. Perry auf der anderen Seite.

Delias grüne Augen begegneten ihren, und Jane hielt den Atem an.

Sobald der Teenager lächelte, entspannte Jane sich einen Bruchteil. Delia sagte: „Ihr beide seid hier. Jetzt kann ich ja meinen großen Bericht erstatten."

Kai ging zu Delias Bett und fragte: „Was für einen Bericht?"

Rhydian antwortete: „Den, in dem sie uns erzählt, was sie herausgefunden hat."

Jane hob eine Hand. „Moment, sagen Sie uns erst, ob Delia sich an alles erinnert."

Delia öffnete den Mund, aber Dr. Perry kam ihr zuvor. „Zum größten Teil. Ihr Drache ist ein bisschen benommen, aber er reagiert. Wir werden den Schaden erst dann vollständig einschätzen können, wenn sie sich in einen Drachen verwandelt."

Rhydian grunzte. „Ja, ja, jetzt sag uns, was du weißt, Delia Owens. Ich bin es leid, Geduld zu haben."

Bei dem Stahl in seiner Stimme zögerte Delia nicht zu antworten. „Mit meinen Ermittlungsfähigkeiten habe ich eine Splitterdrachenjägergruppe auf dieser Farm gefunden. Es gibt keine Gang in diesem

Teil von Wales, also sind sie von irgendwo im Süden gekommen. Aber das ist nicht das Wichtige."

Sie hielt inne, und Lily ergriff das Wort. „Jetzt ist nicht die Zeit für Dramatik, Delia. Sag uns einfach alles, und zwar schnell."

Delia nickte. „Gut, nun, sobald ich die Farm gefunden und herumgestochert habe, wusste ich, dass ich nicht wirklich verstehen würde, was da passiert, wenn ich nicht erwischt wurde. Also inszenierte ich eine dramatische Szene, mit Schreien und vorgetäuschter Angst."

„Verdammter Narr", brummte Kai.

Jane ignorierte ihn, um sich auf Delias Geschichte zu konzentrieren. Der Teenager fuhr fort: „Es hat funktioniert, Bruder. Jedenfalls haben sie mich zu den anderen Kindern in einen Käfig gesteckt. Neben den Farmerkindern war da noch der irische Junge."

„Rian ist in Sicherheit", sagte Rhydian.

Delia nickte. „Wie ich vermutet habe, kümmerten sich die Menschen nicht um das, was sie vor mir oder den Kindern sagten. Sie sprachen über Bestellungen, die für ihre Droge hereinströmen, mit der man einen inneren Drachen zum Schweigen bringt, sowie über einen erfolgreichen Test, der kürzlich in Irland durchgeführt wurde. Sie sagten nicht, bei wem, nur, dass es ein Mann war."

Jane tauschte einen Blick mit Kai aus. Sie musste über Killian reden.

Die junge Drachenwandlerin fuhr fort: „Ihr Plan

war, dieselbe Droge an mir zu testen, der einzigen mit einem aktiven Drachen. Ich war ein ungeplantes Versuchskaninchen, glaube ich. Die Kinder standen im Mittelpunkt und sollten langfristige Tests sein, um zu sehen, ob, wenn sie ihre Drachen daran hinderten, jemals mit ihren menschlichen Hälften zu sprechen, ihre Gefangenen dadurch formbarer würden."

Selbst Jane wusste, dass innere Drachen normalerweise erst sprachen, wenn ein Kind sechs oder sieben Jahre alt war. Nachdem sie Kai zum Gefährten genommen hatte und ihr Leben mit ihm verbrachte, wusste sie auch, wie wichtig ein innerer Drache für die menschliche Hälfte war. Zu glauben, dass die armen Kinder ihren ständigen inneren Begleiter und integralen Bestandteil ihrer Persönlichkeit nie kennenlernten, machte Jane das Herz schwer.

Delia erschauderte, und Lily legte eine Hand auf die Schulter ihrer Tochter. Die Berührung gab Delia die Kraft, fortzufahren. „Es war schwer, ihnen dabei zuzusehen, wie sie den Kleinen eine Spritze nach der anderen gaben. Ich wollte wandeln und sie befreien, aber die Menschen müssen mir irgendwas gegeben haben, um mich vorübergehend davon abzuhalten, zu wandeln, weil ich es nicht schaffte. Die Fesseln waren auch stark genug, dass ich ihnen nicht in den Arsch treten konnte."

Kai und Lily öffneten beide den Mund, um Delia wahrscheinlich zu rügen, aber Dr. Perry sprach zuerst. „Die Kinder sind alle am Leben, Delia, und wahrscheinlich dank dir, weil du ihnen nachgegangen bist. Ich glaube, das ist alles, was zählt."

Lily brummte: „Ermutige sie nicht auch noch."

Delia sah dem Arzt in die Augen. „Sie müssen ja sagen, dass es okay wird, da Sie mein Arzt sind. Aber die Kinder haben vielleicht keine Drachen, wenn sie älter sind. Das ist eine ungerechte Bestrafung für jeden Drachenwandler, aber mehr noch für ein unschuldiges Kind."

Kai knurrte. „Wir werden diese Bastarde aufhalten, egal was passiert. Die Beschlagnahmung ihrer Farm und ihrer Chemikalien war ein guter erster Schritt, und das alles dank dir. Ich denke immer noch, dass du ein Narr bist, weil du auf eigene Faust losgezogen bist, aber du hast den Kindern geholfen, die wir gerettet haben, Delia. Das hat ihnen eine lange Gefangenschaft erspart, in der sie am Ende Blutsklaven geworden wären. Denk daran."

Jane wollte das Mädchen beruhigen, aber Rhydian grunzte und legte seine Hand auf Delias Schulter. „Ich stimme zu, dass es dumm war, allein rauszugehen, aber du hast gute Arbeit geleistet, Delia. Nächstes Mal komm zuerst zu mir. Dann können wir versuchen, gemeinsam jemanden zu retten oder ihm zu helfen, ohne dass deine Mutter und dein Vater graue Haare vor Sorge bekommen."

Delia sah zu ihren Eltern. Trotz der Taten des Mädchens war sie immer noch ein Teenager, der seine Mum und seinen Dad umarmen wollte.

Jane sprang ein. „Ich finde das alles etwas über-
wältigend. Geben wir Lily und Gareth ein bisschen
Zeit mit ihrer Tochter." Sie sah Rhydian in die
Augen und zuckte nicht vor seinem Blick zurück.
„Wenn sie sich noch etwas mehr ausgeruht hat, kann
sie einen kohärenteren Bericht abgeben, meint ihr
nicht?"

Nachdem Rhydian Janes Blick einen weiteren
Moment gehalten hatte, sah er zu Lily und Gareth.
„Lasst mich wissen, wann Delia soweit ist, mir ihren
offiziellen Bericht zu erstatten." Sobald Lily nickte,
wandte er seinen Blick Kai und Jane zu. „Ihr zwei
und ich, wir müssen reden. Bringen wir Jane in ihr
Zimmer zurück und machen wir es dort."

Sie war versucht, etwas dagegen einzuwenden,
aber in der Genesungsphase war Jane immer noch
erschöpft von ihrer jüngsten Tortur und würde
nichts mehr lieben, als sich wieder hinsetzen zu
können. „Worauf warten wir dann noch?"

Kai sah zu ihr hinab. „Das war ja leicht."

Sie schüttelte kaum merklich den Kopf, was
signalisierte, dass sie das jetzt nicht wollte.

Kai musste sie verstanden haben, denn er bückte
sich, um seiner Schwester die Wange zu küssen.
Sobald er wieder stand, sagte er: „Lass mich wissen,
wenn du was brauchst, Mum."

Lily gestikulierte. „Ja, ja, und jetzt geh, bevor
deine Gefährtin noch umfällt."

Jane drehte sich zur Tür, und Kai verstand den
Hinweis. Als sie den Raum verließen und wieder

den Flur hinuntergingen, fragte sich Jane, was Rhydian wohl mit ihnen besprechen wollte.

Kai sorgte dafür, dass Jane sich in den Sessel in der Ecke ihres Krankenhauszimmers setzte, bevor er Rhydian gegenübertrat und wartete.

Der walisische Anführer konnte seine Dominanzspiele spielen, wenn er wollte. Aber stattdessen fing er einfach an zu reden. „Ich brauche deine Hilfe."

Er blinzelte. „Was?"

„Ich würde nicht fragen, wenn es nicht unbedingt notwendig wäre. Allerdings hat Stonefire derzeit weit mehr Mitglieder in der britischen Armee als wir, was bedeutet, dass ihr bald einen Zustrom von Beschützern haben solltet."

„Vielleicht. Aber solltest du das nicht mit meinem Clan-Führer besprechen?"

„Das habe ich schon, aber Bram sagte, ich brauche deine Erlaubnis für alles, was die Beschützer betrifft."

Sein Drache meldete sich zu Wort. *Wie es ja auch sein sollte.*

Pst! Kai konzentrierte sich wieder auf Bram. „Worum *genau* bittest du? Ich brauche Zahlen, Einzelheiten und Gründe, warum ihr sie braucht, bevor ich so eine wichtige Entscheidung treffen kann."

„Ich bin fast fertig damit, meinen Clan aufzuräumen und herauszufinden, wer eine Bedrohung ist und wer nicht. Wenn ich mit meinen ersten Vermutungen recht behalte, werde ich zehn Beschützer verlieren. Wren und Eira bekommen das kurzfristig hin mit deinen Jungs, Zain und Sebastian, aber nur gewisse Zeit. Obwohl wir Glück haben, isolierter zu sein als andere Drachen-Clans in Großbritannien, erwarte ich, dass es Vergeltung für unsere Demontage der Drachen-Drogenoperation bei Dolgellau geben wird. Ich brauche kompetente und vertrauenswürdige Beschützer, um Snowridge zu sichern, falls und sobald das passiert."

Kai musterte den Snowridge-Anführer. Fehler und mögliche Mängel zuzugeben, war nie einfach, aber noch weniger für einen Clanführer.

Sein Drache meldete sich zu Wort. *Ich glaube der Aufrichtigkeit in seiner Stimme. Wir sollten ihm helfen.*

Wenn du mir eine verdammte Sekunde geben würdest, wüsstest du, dass ich genauso empfinde.

Aber?

Aber es wird Bedingungen geben.

Kai sprach endlich laut. „Ich werde alle potenziellen neuen Beschützer überprüfen müssen, die ihre Armeeausbildung beendet haben, und ihre Fähigkeiten bewerten. Aber solange du deine Allianz mit Stonefire formalisierst und eine offene Kommunikationslinie aufrechterhältst, bin ich mehr als bereit, dir zu helfen."

„Einfach so?", fragte Rhydian skeptisch.

„Bram wird sich mit dir in Verbindung setzen und dir die Details der letzten Allianz mitteilen. Ich weiß jetzt schon, dass du bald Kandidaten für einen Austausch benennen solltest. Ich bin mir sicher, dass es weitere Bedingungen geben wird, einschließlich noch einer von meiner Seite."

Rhydian sah ihm in die Augen. „Ich hoffe, du hast nicht vor, immer weitere Bedingungen aufzustellen. Sosehr ich auf Hilfe angewiesen bin, aber ich werde mich nicht für den Rest meines Lebens an der langen Leine führen lassen."

Kai schüttelte den Kopf. „Und ich habe auch nicht vor, das zu tun. Aber ich denke, es ist höchste Zeit für die Familie meiner Gefährtin, meine Mutter zu besuchen. Ich möchte, dass du mit dem MDA zusammenarbeitest, um Janes Eltern einen Besuch zu ermöglichen. Wenn ihr Bruder mir nicht auf die Nerven geht, wird er schon die Freigabe haben, da er zu Stonefire gehört. Janes Eltern hingegen brauchen Schutz und eine offizielle Erlaubnis."

Jane nahm seine Hand und drückte sie. Er erwiderte die Geste, nahm aber nicht den Blick von Rhydian.

Rhydian ergriff schließlich das Wort. „Ich werde dieser Bedingung nur zustimmen, wenn ich weiß, dass der Clan für sie sicher ist, nicht vorher."

„Ich würde nichts anderes erwarten", sagte Kai.

Rhydian streckte eine Hand aus. „Dann haben wir einen Deal."

Er nahm die Hand des Anführers und schüttelte sie. „Wenn es sonst nichts gibt, das nicht warten kann, muss meine Gefährtin sich jetzt ausruhen. Wir können später weiterreden."

Als Jane nicht protestierte, wusste Kai, dass er ihre zufallenden Augenlider richtig gedeutet hatte.

Rhydian ließ los, nickte und ging zur Tür. „Lass das Handy an, nur für alle Fälle. Ich melde mich später."

Als sich die Tür hinter Snowridges Anführer schloss, beugte sich Kai hinab und hob Jane sanft in seine Arme.

Sie seufzte. „Ich sollte protestieren und sagen, dass ich allein gehen kann, aber ich bin müder, als ich zugeben möchte."

Er trug sie zum Bett und legte sie vorsichtig hin. Sobald er neben ihr lag, legte sie ihren Kopf auf seine Brust und achtete darauf, nicht ihre noch heilende Schulter zu belasten.

Kai legte einen Arm um seine Gefährtin und sagte: „Drachenblut beschleunigt den Heilungsprozess, bringt aber keine sofortige Heilung. Ruh dich aus, Janey. Ich werde wach bleiben und auf dich aufpassen."

Sie kuschelte sich an seine Brust. „Mach weiter so, und ich könnte ein paar Vorschlägen zu deinem falschen Opfervertrag zustimmen."

„So? Zu welchen?"

Lächelnd sagte sie: „Das wird eine Überraschung. Ich weiß, wie sehr du sie hasst, aber in diesem Fall denke ich, dass es dir gefallen wird."

Er küsste Jane oben auf den Kopf. „Wenn es um dich geht, Jane, werde ich alles lieben, was du tust."

Sie gähnte. „Vorsicht, Drachenmann. Das kann dich vielleicht in den Po beißen."

„Solange du mich beißt, ist das okay für mich."

Ihr Kichern wurde zu einem Stöhnen. „Bring mich nicht zum Lachen, Kai. In dieser Position tut das weh."

„Entschuldige, Janey. Ich sollte dich wahrscheinlich allein im Bett ausruhen lassen. Ich kann vom Sessel aus auf dich auspassen."

Sie legte ihre Arme fester um ihn. „Denk nicht einmal daran, dieses Bett zu verlassen, Kai. Ich brauche mein großes Stück Drachenfleisch an meiner Seite. Ich habe Probleme zu schlafen, wenn du nicht neben mir bist."

Sein Drache meldete sich zu Wort. *Wie es ja auch sein sollte. Sie ist unsere Gefährtin. Wir werden immer zusammen sein.*

Kai stimmte seinem Tier zu, konzentrierte sich aber auf Jane. „Dann wird dein Stück Drachenfleisch hier sein. Und jetzt ruh dich aus. Je früher du gesund bist, desto schneller kannst du mich überraschen."

„Dieser ein Mann", sagte sie.

Nach ein paar Augenblicken des Schweigens, senkte er den Blick. Als er Janes schlafendes Gesicht betrachtete, setzte Zufriedenheit bei ihm ein.

Seine Schwester hatte vielleicht noch einen langen Weg der Genesung vor sich, und es gab viel zu tun, bevor er Beschützer nach Snowridge schicken konnte, aber solange er Jane an seiner Seite hatte, konnte er alles tun.

Sie war seine Gefährtin, Ende der Geschichte. Ihr gemeinsames Leben hatte gerade erst begonnen, und er freute sich auf jede kommende Sekunde.

Epilog

Acht Wochen später

Jane ging von einer Seite des Raumes zur anderen. „Warum brauchen sie so lange, um hierher zu kommen?"

Kais Stimme erfüllte das Wohnzimmer seiner Mutter. „Du weißt, dass Nikkis Schwangerschaft schon zu weit fortgeschritten ist, um zu wandeln und zu fliegen, also fahren sie. Das dauert eben länger."

Sie drehte sich zu ihrem Gefährten um. „Ich sage immer noch, du hättest sie holen sollen."

Er hob die Brauen. „Ein Drache, der in dem kleinen Dorf deiner Eltern landet, hätte für Aufregung gesorgt, ganz zu schweigen von der beträchtlichen Menge an Papierkram, die nötig gewesen wäre, um die Genehmigung dafür zu bekommen." Er klopfte auf den leeren Platz neben sich auf dem Sofa. „Komm, setz dich, Janey. Sonst wirst du ganz erschöpft sein, bevor deine Eltern da sind."

„Ich hab' dir doch gesagt, dass es mir gut geht. Meine Schulter ist immer noch etwas steif, aber dein magisches Drachenblut hat gute Dienste geleistet."

Kai zuckte die Schultern. „Sind ja deine Eltern. Aber wenn du am Ende ein Nickerchen machen musst oder vor Erschöpfung umkippst, dann kannst du erklären, warum."

„So viel zum Thema unterstützender Gefährte."

„Das bin ich, aber du verhältst dich irrational. Das Treffen wird schon gut gehen."

„Vorausgesetzt, du und Rafe bringt euch nicht gegenseitig um", sagte Jane.

„Ich habe versprochen, mich zu benehmen, und ich meine es ernst. Und jetzt komm her, Janey."

Jane konnte sich dagegen wehren und sich die Zeit damit vertreiben, mit Kai zu streiten, aber ihre Schulter schmerzte ein wenig vom Schwingen ihres Arms beim Auf-und-abgehen. Mit einem Seufzen ließ sie sich neben ihrem Gefährten fallen und lehnte sich gegen ihn.

Mit ihrer Videoserie und der PR, dem Fall Maggie Jones und ihrer Gefängnisstrafe, dazu der ganzen Arbeit an ihrer eigenen Genesung hatte Jane nicht viel Freizeit mit ihrem Gefährten gehabt. Und Kai war damit beschäftigt gewesen, Verträge mit

Snowridge abzuschließen und sogar Glenlough in Irland zu unterstützen.

Hinzu kamen die Besuche in Snowridge, bei Kais Familie und um Delia zu helfen, ihren Drachen wieder zu kontrollieren, und manchmal fragte sich Jane, wie sie überhaupt noch daran dachte zu atmen.

Es würde noch ein paar Wochen dauern, bis sie endlich zu ihrer normalen Routine zurückkehren konnten, also schwelgte Jane einfach in der Hitze ihres Drachenmanns und dem Gefühl des Trostes, das sich immer in seiner Nähe einstellte.

Kai meldete sich zu Wort. „Ich weiß, dass ein Teil deiner Unruhe daher kommt, dass du dir Sorgen um meine Schwester machst, aber sie ist fast wieder ihr altes Selbst."

Delias Drache hatte anfangs kaum mit ihr gesprochen und sich eher wie ein kleines Kind als wie ein Teenager verhalten. Doch durch intensives Training mit Kai, Rhydian, Snowridges Tracker Carys und anderen Alpha-Drachenwandlern lernte Delias Drache jetzt und wurde vernünftiger. Alle waren hoffnungsvoll für die Zukunft.

Nun, zumindest für Delias.

„Deine Schwester ist vielleicht wieder fast normal, aber wir werden jahrelang nichts über die anderen Kinder wissen."

Kai drückte ihre unverletzte Schulter und antwortete: „Alle Ärzte von Stonefire arbeiten an einem Heilmittel. Sie werden eines finden. Das weiß ich."

„Ich hoffe es."

Eine behagliche Stille folgte. Janes Augen wurden schwer, doch während sie noch darum kämpfte, sie offenzuhalten, dröhnte der vertraute australische Akzent ihrer Mutter vom Eingang her. „Jane Elizabeth Hartley, komm und umarme deine Mutter!"

Sie sah auf, um die große, rothaarige Gestalt ihrer Mutter zu sehen, Leonie Hartley. „Hi, Mum."

Als Jane nicht aufstand, kam ihre Mutter näher und betrachtete ihr Gesicht. „Solltest du überhaupt Besuch empfangen? Du hattest vor nicht allzu langer Zeit eine schlimme Verletzung und siehst müde aus." Sie sah zu Kai. „Wirst du mich dabei unterstützen, Kai?"

Jane hob eine Hand. „Hör einfach auf, Mutter. Heute geht's nicht um meine Gesundheit." Sie stand auf und umarmte ihre Mum. „Wo sind die anderen? Und Dad?"

„Dein Vater ist bei Rafe und Nikki. Ging irgendwie darum, dass Rafe sichergehen wollte, dass Nikki nicht die Treppe hinunterfällt."

Jane verdrehte die Augen. „Sie ist ja vielleicht im sechsten Monat schwanger, aber sie ist noch nicht so rund."

„Du kennst doch deinen Bruder und weißt, wie unbedingt er diejenigen, die ihm wichtig sind, beschützen möchte. Zwanzig Leute könnten ihm sagen, dass es Nikki gut geht, und er wäre weiter skeptisch." Leonie legte eine Hand an ihre Hüfte und starrte Kai an. „Wo sind deine Eltern?"

Kai sah zu der Tür, die in die Küche führte. „Sie sollten dich gehört haben."

Jane fragte sich, ob Kai damit auf die Tendenz ihrer Mutter deutete, zu laut zu reden, schaffte es aber, nicht zu lächeln. Sie tätschelte nur Kais Arm. „Hol sie. Je mehr Leute im Zimmer sind, wenn Rafe kommt, desto besser. Dann werdet ihr euch beide besser benehmen."

Kai starrte sie an und grunzte. „Ich kann mich benehmen. Er ist derjenige, der sich unvernünftig verhält. Man sollte meinen, bei ihm rauschen die Schwangerschaftshormone durch den Körper, nicht bei Nikki."

Jane schnaubte und öffnete den Mund, um darauf zu reagieren, als ihre Mutter sie unterbrach. „Natürlich kannst du dich benehmen, mein Lieber. Aber ich möchte gern deine Mutter kennenlernen. Wir sind gerade mehr Stunden gefahren, als mir lieb war, um hierher zu kommen."

Seufzend widerstand Jane dem Drang, ihr Gesicht in die Hände zu legen. Sie liebte ihre Mutter, aber manchmal übertrieb sie etwas. „Bitte rede ihm nicht schon so früh bei deinem Besuch Schuldgefühle ein, Mum."

Ihre Mum machte Ts. „Ich bin einfach ehrlich. Wenn du nicht weißt, dass es in meiner Natur liegt, die Wahrheit zu sagen, dann weiß ich nicht, wie du jemals als Journalistin hast überleben können."

Jane war versucht, sich die Stirn zu reiben. „Wie wäre es, wenn du es vielleicht ein bisschen runterfahren würdest? Zumindest, bis ich dir Kais Familie vorstellen kann? Ich möchte nicht, dass sie vorher schon das Weite suchen. Apropos, vielleicht verstecken sie sich deshalb."

„Jane Hartley, ich weiß ja etwas Rückgrat zu schätzen, aber ich erwarte auch Respekt von meiner Lieblingstochter."

„Ich bin deine einzige Tochter."

Ihre Mum winkte das ab. „Das spielt keine Rolle. Und so bin ich nun mal. Wenn es dich also in Verlegenheit bringt, gehe ich."

Kai schmunzelte. „Bitte, nicht, Leonie. Du und Jane seid euch ähnlicher, als ich glaube, dass meine Gefährtin es zugeben will."

Jane wollte gerade schon protestieren, aber Lily und Gareth betraten den Raum, mit Delia direkt dahinter. Jane stürzte sich auf die Ablenkung. „Mum, das sind Kais Mum und sein Stiefvater, Lily und Gareth. Die Jüngere ist seine Schwester Delia. Und das ist meine Mum, Leonie Hartley."

Lily eilte zu Janes Mum und lächelte. „Schön, dich endlich kennenzulernen, Leonie. Es wird nett sein, Geschichten mit einem anderen Elternteil eines starrsinnigen Kindes auszutauschen."

„Wem sagst du das? Jane hat das mittägliche Nichtessen zu einer Kunstform gemacht."

„Mum, bitte", sagte Jane.

Lily antwortete, als hätte Jane nichts gesagt. „Kai

war mit dem Baden als Kleinkind genauso. Ich habe halb erwartet, dass Kartoffeln aus seinen Ohren wachsen."

Jane sah zu Kai, und er zuckte die Achseln. „Ich erinnere mich nicht."

Sie öffnete den Mund, um nach Details zu fragen, aber Nikkis Stimme dröhnte in den Raum. „Hör auf, Rafe! Ich meine es so. Frag mich noch einmal, ob es mir gut geht, und ich schwöre, dass ich dir heute Abend eins deiner Eier abschneide."

„Du bist doch diejenige, die auf der Treppe so schnaubt. Dass ich mich da nach deiner Gesundheit erkundige, ist doch wohl zu erwarten", erklärte Rafe.

Die ruhige Stimme ihres Dads kam als Nächste. „Mein Sohn, ich würde es gut sein lassen, wenn ich du wäre. Ich glaube, sie meint es ernst."

Nikki antwortete: „Natürlich tue ich das. Und danke, Tom, dass du merkst, wann ich eine Pause brauche."

„Das ist nicht fair, Nikki", antwortete Rafe. „Ich darf nach unserer Vereinbarung fürsorglich sein, wenn es um deine Gesundheit geht."

„Ich denke, wir sollten diese Vereinbarung vielleicht noch einmal überdenken, um auch einzubeziehen, dass du mich in Ruhe lassen musst, wenn du eine Nervensäge bist."

Die strenge Stimme ihres Vaters warf ein: „Ich glaube, dieser Streit kann warten. Andernfalls werden wir vielleicht nie wieder hierher eingeladen."

Rafe und Nikki murmelten Entschuldigungen.

Kai flüsterte: „Dein Dad ist vielleicht kein Drachenwandler, aber er weiß, wie man Dominanz in die Stimme legt."

Jane sah ihren Gefährten von der Seite an. „Kannst du ihm einen Vorwurf machen? Er musste mit dreien von uns leben."

Kai grinste. „Guter Punkt."

Nikki, Rafe und ihr Dad betraten den Raum. Die große, grauhaarige Gestalt ihres Vaters ging zwischen Nikki und Rafe, ohne Zweifel als Puffer. Er hatte in der Vergangenheit mehrmals das Gleiche getan, um Jane und Rafe als Kinder davon abzuhalten, sich gegenseitig umzubringen.

Jane stand auf, und Kai tat es ihr gleich. Sie deutete auf ihren Dad. „Das ist mein Dad, Tom Hartley." Sie deutete der Reihe nach auf jedes Mitglied von Kais Familie und stellte sie vor. Ihr Dad nickte, als sie fertig war.

Lily klatschte in die Hände. „Gut, nun, da alle hier sind, gehen wir in die Küche und ins Esszimmer. Ich habe Snacks vorbereitet und den Wasserkocher gefüllt, um Tee zu machen."

Rafe sagte: „Ich brauche was Stärkeres, wenn du was hast."

Nikki warf ihrem Gefährten einen Blick zu und ging dann auf Jane zu. Nikki schob ihren Arm durch ihren und sagte: „Ich denke, es ist Zeit für uns, ein bisschen zu plaudern, Jane. Meine Anwesenheit hat meinen Gefährten scheinbar zum Trinken verleitet."

Seufzend sagte Rafe: „Nikki, das ist nicht, was ich meinte, und das weißt du auch."

Jane sah Kai an, und er ging widerwillig zu Rafe und ihrem Vater. Kai klopfte Rafe auf die Schulter. „Komm, ich glaube, es gibt was Stärkeres in der Küche. Meine Mum könnte sogar einen geheimen Vorrat an Whiskey haben."

Als Rafe nur nickte, wusste Jane, dass ihr Bruder gestresst war. Sie beugte sich an Nikkis Ohr und flüsterte: „Er mag ja eine Nervensäge sein, aber es ist ein Zeichen dafür, wie sehr er dich liebt."

„Ich weiß das rational. Aber Rafes Samen zu tragen, macht mich reizbar und launisch. Die nächsten zwei oder drei Monate können nicht schnell genug vergehen."

Jane zog Nikkis Arm näher und drückte sie. „Dann lass uns versuchen, dich abzulenken. Deine Arbeit als zweiter Kommandant haben geholfen, aber wenn du erst einmal Lilys Kochkünste probiert hast, vergisst du alles andere, außer den Teller zu füllen, solange du noch kannst."

Nikki grinste. „Das weiß ich noch von meinem letzten Besuch in Snowridge." Sie zog an Janes Arm. „Komm schon. Beeilen wir uns und schnappen uns so viel wir können, bevor die Männer da sind."

Jane war vollkommen an Bord mit dem Plan und ging in die Küche und vorbei an den Männern. Während sie und Nikki ihre Teller beluden, blickte Jane zu Kai, der auf der anderen Seite der Küche stand. Sein Anblick, wie er und sein Stiefvater mit ihrem Dad und Bruder ein Bier tranken, brachte sie zum Lächeln. So sehr ihr die Leidenschaft und die Liebe ihrer Beziehung zu Kai gefiel, die kleinen Dinge machten es so viel kostbarer.

Und zum ersten Mal zweifelte sie nicht daran, dass sie eines Tages alt und grau sein und mehr Erinnerungen mit denen schaffen würden, die sie liebten. Kai war ihre Zukunft, und sie konnte es kaum erwarten zu sehen, was diese Zukunft für sie bereithielt.

Vom Drachen ersehnt
Stonefire Drachen #11

Alle nicht-irischen Drachenwandler werden aus Irland verbannt, und Brenna Rossis einzige Chance, bei dem Clan zu bleiben, den sie liebt, besteht darin, einen der irischen Drachen zu paaren – Killian O'Shea. Obwohl er sein Gedächtnis und seinen Drachen verloren hat, fühlt sie sich zu ihm hingezogen und freut sich auf unverbindlichen Sex zwischen den Laken. Doch je mehr Zeit sie mit ihm verbringt, desto mehr wird ihr klar, dass sie vielleicht doch eine Zukunft mit Killian will. Die einzige Frage ist, ob es eine geben wird oder nicht.

Killian O'Shea hat seinen Drachen und sein Gedächtnis verloren. Er hat keine Ahnung, wer er ist oder warum alle ihn ständig bitten, sich an sie zu erinnern. Die einzige Person, die nicht versucht, ihn zu ändern, ist Brenna Rossi, weshalb er zugestimmt hat, sie zu paaren. Aber gerade, als er anfängt, seine neue Braut zu genießen, erfährt Killian, dass die Droge, die bei ihm verwendet wurde, noch nicht alles ist und es vielleicht schlimmere Dinge auf der Welt gibt, als das Gedächtnis zu verlieren.

Während sich die Lage verschlechtert, versucht Brenna alles zu tun, um Killian gesund und munter zu halten. Doch je mehr sie ihm hilft, desto mehr fragt sie sich, ob sie den Mann verlieren wird, in den sie sich gerade verliebt. Werden Brenna und Killian einen Weg finden, seine Erinnerungen und seinen Drachen zurückzubringen? Oder werden sie sich einen neuen Weg bahnen, um zusammen zu sein?

Skyhunter gewinnen

Stonefire Drachen Universum #1

Mehr als ein Jahrzehnt lang hat Clan Skyhunter unter einem grausamen, machthungrigen Führer gelitten, der alles darangesetzt hat, um seine eigene Agenda voranzutreiben. Schließlich jedoch wurde er bei einem illegalen Skandal erwischt und landete im Gefängnis, daher ist der Drachenwandler-Clan im Süden Englands jetzt bereit für einen neuen Anführer. Und so beginnen die Prüfungen ...

Asher King war unter dem ehemaligen Clan-Führer eingesperrt worden, weil er sich gegen dessen Grausamkeit ausgesprochen hatte. Jetzt wieder frei, will er den Wettkampf gewinnen und seinen Clan in eine bessere Zukunft führen. Doch da er der Neffe des ehemaligen Anführers ist, ist das nicht einfach, und wenn dieses Hindernis nicht schon hoch genug ist, erholt er sich immer noch von der Folter, die er ertragen musste, während er inhaftiert war.

Trotzdem ist er entschlossen, zu gewinnen, damit sein Clan nicht von den Menschen aufgelöst wird, auch wenn das bedeutet, gegen seine Ex-Freundin anzutreten und zu leugnen, wie sehr er sie immer noch will.

Honoria Wakeham, gerade erst von ihrem Aufenthalt in Amerika zurückgekehrt, stellt sich als Kandidatin für die Führung des Clans auf. Nicht jeder befürwortet eine Frau als Teilnehmerin, aber das macht ihr nichts aus. Der alte Clan-Anführer hat ihre Eltern getötet, und um vollständig zu heilen, will sie den Clan zusammenbringen und seine Praktiken ins einundzwanzigste Jahrhundert befördern. Womit sie nicht gerechnet hat, ist, Asher King zu treffen, den Mann, den sie vor über einem Jahrzehnt geliebt hat, bevor sie weggeschickt wurde, um in Sicherheit bei ihren amerikanischen Verwandten zu leben.

Es dauert nicht lange, bis Asher und Honoria ihrer Anziehung nachgeben, und dem entspringt eine Idee, die vielleicht die beste von allen ist. Können sie die Führungsprüfungen gewinnen und ihren Clan zusammenhalten? Oder wird einer der anderen Kandidaten gewinnen und versuchen, Skyhunter in der Vergangenheit zu halten?

Bücher von Jessie Donovan

Über die Autorin

Jessie Donovan hat mehr als eine halbe Million Bücher verkauft, Hunderttausende weitere kostenlos an ihre Leser*Innen verschenkt und es sogar auf die Bestsellerlisten der *NY Times* und *USA Today* geschafft. Sie ist vor allem für ihre Drachenwandler-Serie bekannt, schreibt aber auch über Elfenhexen, Vampire, Alien-Krieger und hat sogar eine verrückt-komische Liebesromanreihe aufgelegt, die in Schottland spielt. Wenn sie nicht gerade ein Buch liest, auf ihrem Laufband joggt oder mit nur wenigen Groschen in der Tasche durch ein fremdes Land reist, findet man sie oft auf Facebook oder TikTok, wo sie mit ihren Lesern interagiert. Sie lebt in der Nähe von Seattle. Dort regnet es zwar oft, doch der Regen macht auch alles grün.

Besuchen Sie ihre Website unter: www.JessieDono-van.com